U0945169

我也想被一个人长久地喜欢

I also want to fall
In love
With you
For a lifetime

中国華僑出版社

图书在版编目（CIP）数据

我也想被一个人长久地喜欢 / 辜妤洁著. —北京：中国华侨出版社，2016.2
ISBN 978-7-5113-5976-6

Ⅰ. ①我… Ⅱ. ①辜… Ⅲ. ①短篇小说－小说集－中国－当代 Ⅳ. ①I247.7

中国版本图书馆CIP数据核字（2016）第032009号

我也想被一个人长久地喜欢

著　　者：辜妤洁
出 版 人：方　鸣
责任编辑：月　姝
版式设计：刘碧微
经　　销：新华书店
开　　本：787mm×1092mm 1/32　印张：9　字数：222千字
印　　刷：北京盛通印刷股份有限公司
版　　次：2016年5月第1版　2016年5月第1次印刷
书　　号：ISBN 978-7-5113-5976-6
定　　价：32.80元

中国华侨出版社 北京市朝阳区静安里26号通成达大厦3层　邮编：100028
法律顾问：陈鹰律师事务所
发 行 部：（010）82068999 传真：（010）82069000
网　　址：www.oveaschin.com
E-mail：oveaschin@sina.com

如发现图书质量问题，可联系调换。质量投诉电话：010-82069336

目录

I also want to fall
In love
With you
For a lifetime

梦与雪

I also want to fall
In love
With you
For a lifetime

我也想被一个人温柔地守护。

我也想被一个人长久地喜欢。

我也想你就是那一个人。

雪原

时间跌进12月，空气仅剩的热分子迅速被寒流卷走，铅黑色的苍穹下是茫茫雪原。无数的六角花朵从天空中簌簌落下，渐渐将世界原本的色彩覆盖，静悄悄转换成发亮的白。在这样寂静的夜晚，一列灰褐色的电车驶向远方。

电车内人很少，奶白色的灯光打在艾樱紧闭的眼皮上，被暖流充斥的车厢内，进入黑甜乡的女生睡颜沉稳而酣甜。

梦只做到一半，艾樱被剧烈的颠簸惊醒过来。蒙胧中似乎听到“嘭”的一声闷响，紧跟着自己的右脚趾传来剧痛。

什么情况?

艾樱睁开眼时，只看到她脚边骨碌碌滚过一只蓝色保龄球的影子。车厢内的电压不稳，灯光明明灭灭闪了好几下，车身还在晃动。完全混乱到搞不清楚状况，艾樱条件反射般地抓住旁边的一物稳住身体。脚趾传来的剧烈的疼痛感让艾樱额上不停地冒汗，广播里报告的内容也并未听清，手上的力度因为疼痛加重几分，当时的她并未察觉，自己的右手抓着的正是旁人的手臂。只知道痛！女生清秀的脸褶皱成乱糟糟一团。

过了一会儿，电车终于停下来。

“对不起，对不起，你没事吧？”在颠簸中袋子不慎掉落在地的那位旅客对着面色苍白的艾樱一直鞠躬道歉，被吓得不轻。

没事。艾樱疼得说不出话来，冲他摆了摆手。

“现在是临时停车，等下一站到了我还是带你女朋友去医院检查下吧。”

女朋友？艾樱抬头，顺着那位旅客的目光看过去，停顿在她旁边的男生身上，这才注意到自己的手正紧紧抓着他的胳膊。被误解了。艾樱迅速放开手后脸红起来，又小声说了一句抱歉。

是“又”。

之前上车时迷迷糊糊地还撞到过他一次。

“没事吧？”他也看着艾樱，低沉温和的声音。

嗯？艾樱从他的目光里并未发现几分关切的成分。

“脚。你试试看能不能动，不知是否伤到骨头。”

好像还可以，艾樱脱下鞋后发现只是有些红肿，应该并无大碍，疼痛也已过去大半，于是摇摇头。一再对那位担心过度的旅客解释自己没事，对方才总算离开。实在负责过头，现在这样的人越来越少。

电车重新启动。

“刚刚怎么了？”困意全无，艾樱揉了揉脚慢吞吞穿好袜子，之前因为脚痛，没注意听广播。

“一群山羊闯过运行线，广播里说给大家造成困扰很抱歉。”

“哦。”艾樱点点头，然后又迅速抬起头来，惊愕地看着男生，“山羊？市区里面怎么会出现山羊？”

“市区？这是到横垣的车。”

“等一下。”

艾樱这才抬起头去看电车上方的指示线路，从矢野到横垣，指示灯没有亮，想必出了故障。晚上接到朋友雅子的电话后迷迷糊糊从家里跑出来，竟然坐上方向完全相反的电车也未察觉。

“现在是哪一站？”女生站起身来，脚上又传来一阵剧痛，不过得尽快下车才可以。

“牧野站。再过三站便是横垣。”

“我睡了多久？”

“两个小时左右。

平安夜的生日party赶不上了。算了，那样热闹的气氛并不适合现在的自己吧，想到这里她竟松了口气。艾樱重新坐回座位，伸出双手在玻璃窗上框出一小片范围，伸长脖子去看。横垣是乡间，车窗外熟悉的都市建筑果然早已不见，一望无际的农田被白雪覆盖，寂寞的电线杆在夜晚依旧突兀，在那些一闪而过的光线里，依稀能看到远一点的地方那些农舍的轮廓，还有远山。

“你也坐错方向了吗？”有人漫不经心地询问。

艾樱回头，和男生的视线撞到一起。清晰分明的轮廓里，下颌到脖颈宛如漫画里勾勒出的动人线条。黑色的头发浓密柔软，少年的脸上没有表情，额前的短发耷拉下来，打出一小片阴影，睫毛很长、目光很冷，身上套着一件黑色外套，里面是深蓝色的V领毛衣，一条深棕色的皮绳露出一截，隐约能看到末端是一条鱼形吊坠，整个人散发出冷冽的气息，看起来有些不良——但漆黑的瞳仁宛若孩童，似乎从未说过谎的澄澈。

大雪在车窗外簌簌落下，一些贴在玻璃上缓慢融化，升起白茫茫的一片雾气，墨色的车窗倒影里，男生的侧脸安静而淡然。车厢内暖黄色灯光的温度似乎更暖一些。

不能更清晰地分辨出“也”字的含义。男生侧脸看过来时，艾樱心里一暖。在男生清淡的目光里，她微笑着点了点头。

大笨蛋

横垣的车站空荡荡的，大厅已经关门，门卫室还亮着一盏灯。

艾樱一瘸一拐地走到窗口询问，得到“原本零点还有的最后一趟回城的车因为大雪的缘故停站”的回答，习惯性地摸了摸肩膀，顿时才惊觉过来吓得全身冒出冷汗——包忘在电车上了。

在站台上徘徊时，又看到之前那个男生。他独自站在站台边，这才想起他和自己一样坐错方向，艾樱几乎抱着遇到亲人的激动心情走了过去。

“最后一趟车已经停了。”她说。

“嗯。”

过了好几秒才得到这样简简单单的一个字，从鼻腔里轻轻发出来，不轻不重地落在艾樱心上，原本饱满得想要诉苦的心情就这样被堵住，不知道接下来该说什么了。两个人就这样静静地站在那里好一会儿。不能达成同是天涯沦落人的共识，艾樱向他借电话时说实话也并未抱多大期待，不过对方还算爽快地把手机递了过来。

白色的翻盖手机，看起来很新，型号未知。在几乎小学生也换成智能手机的年代，他却还在用这种停产多年的手机，看到待机屏幕竟然还是出厂设置的日历时，艾樱嘴角上扬，露出浅浅的笑意。看起来有些冷淡的不良少年，却原来是长情的人。

雅子的电话打通没人接，大概party还未结束。不抱期待地拨通了家里的电话，响了好几次，果然没人接。爸爸或者妈妈，谁都没有回家。

在完全陌生的地方，没有手机也掉了包，天还下着大雪……艾樱顿了顿，还是按下了那个熟悉的号码，这次很快被接起来。在悲哀无助的此刻，艾樱突然就感动得想哭。可惜一秒之后，她的感动和希望便再次被击碎了。

“喂。”电话那头传来的是女生的声音，周围很吵，大概也在举办party之类的吧。

艾樱咬着唇说不出话。

“喂？”那边又问一遍，然后有风声灌进来，艾樱听到智的声音，“我的电话？”他问。“嗯，陌生号码，那边也没说话……”

“啪！”在智接过手机之前，艾樱慌忙挂断。

大笨蛋。早该料到了啊。

艾樱悻悻地把手机递回主人，大概是她的样子太过落寞，男生终于主动问她：“你打算怎么办？”

“不知道。”女生一副心灰意懒的表情，站在这里等一晚或者哭一晚，即使到了白天她也完全没辙，包丢了，她现在连回去的车票都买不起——怎么样都无所谓了。

两个人在站台站了一会儿，雪越下越大，脚上的伤又开始疼得厉害。幸好后来被巡夜的大叔邀去了门卫室，感受到暖气的瞬间，全身被冻僵的细胞才一一复活，男生去要了一杯水递给她，艾樱捧在手里，暖烘烘的白气流吹进眼睛里，忍了好久才勉强没流下眼泪。她一直垂着头，听大叔跟男生闲聊。

“平安夜小情侣都喜欢浪漫，不过可不要跑到这穷乡僻壤的乡下来啊，哈哈哈。”大叔很粗犷地笑着，没有恶意的淳朴。男生没否定也没辩解，只是问附近有没有旅店，得到“附近的旅店在重装，另一家距离这里半个小时的路程”的回答。

“走吧。”于是男生说。面对艾樱疑惑的目光，他面无表情地接着说：“我送你去旅店……脚没问题吧？”

“脚是没有问题……可是……”她没有钱。

“那就走。”

只好笨手笨脚地跟上去。

在深夜的乡间行走并不是浪漫的事，即使天空飘着雪。树木很少，山很远，路灯相距很长，雪积了很深，越往前走越艰难。两人保持着两三步的距离，一前一后“咯吱——咯吱——”地踩着雪向前走。深夜里跑到这么远的地方来，还和完全陌生的男生走在一起，实在太奇怪了。

“你为什么坐错方向？”

沉默的黑夜让艾樱害怕，所以想了半天找出话题。她太久没跟人讲话了，语言能力好像有些退化，对方却没有回答，她心上莫名一凛，急忙转身去求证他是否还在，结果不小心踩空，受伤的脚一扭，身体就失去了重心，被男生眼明手快地接住。那一刻距离好近，艾樱闻到他身上的味道，说不出具体是哪一种，像蓝天的感觉？总之很好闻。她悬起来的心又落回去。在对方的帮助下才稳住身体重新站好，先前的问题已经不再重要，她红着脸又道了一次歉。

“第三次。”他说。

“什么？”

“你一直在跟我说道歉的话。”

“哈？说起来……好像是啊。”艾樱笑笑。

然后发现男生的视线不在自己身上。

“那是？”男生望着她差点跌倒的旁边发出疑问，靠近一些后接着说，“是蛇蜕啊。”

蛇？女生听到这个字眼后条件反射地跳出几步距离，脚毕竟不方便，不小心跌坐在地，然后才转身惊魂未定地跟着看过去。

被雪覆盖了一大半，只剩下零星草尖的地方，挂着一段二十多厘米长的像薄膜的物体，是白色，却又和雪不一样的白，似乎已经搁置在此很久，略显出浸染了尘埃的灰色。

“蛇蜕只是蛇蜕下的皮膜而已，不用怕。”

“为什么？蜕下之后蛇会死吗？”好奇心被挑起。

“不会。蛇的表皮是一层完整的角质鳞片，蛇生长的时候，角质鳞片不会随着生长，另外蛇长年在地上滑行，表皮的磨损很严重，因此蛇每年春天都要蜕皮，因为这时适于生长。只是蛇的新陈代谢而已，每蜕一次皮，它会长大一些，不蜕皮就表示它有病，会死。”男生第一次说这么多话，他回过头来看着女生，“蛇蜕是蛇生长的固定特性，会消耗体力会疼痛，但蜕完之后，它们将获得新生。和人的成长一样，告别过去，才能迎来新的自我，所以那些不需要的和不被需要的，全部告别就好了。”

艾樱目瞪口呆地望着他，不明白他说这些话的含义。

“还能继续走吗？”看到男生居高临下冲自己伸出手。

阴影里，男生清瘦的身体被包裹在黑色的连帽外套里，白色的雪发出些微光亮，他靠过来拉起自己的手时，艾樱看到他的低垂的眼眸深处一点一点闪耀着光，无比耀眼。

"走吧。"男生说。

那些不需要的和不被需要的，全部告别就好了。艾樱想起那些藏在胸腔里让她难受了无数日夜的存在，压抑和怨恨不可能没有。但这些他看出来了吗？还是说……那些话他只是对自己说而已？

艾樱伸出手去。

男生的手心，是暖的。

之后几乎被男生搀扶着才走到旅店，在前台付了账，上楼前艾樱非常踟蹰——房间只开了一间，虽然对方付钱，但毕竟是第一次见面的男女生。

事实证明她又多虑了。送她到房间后，男生把钥匙递过来，转身就要离开。

"我要走回去。"他望了望外面的天空。

不知道为什么，在这一刻，艾樱感受到了浓浓的悲伤。

"你没必要为了我……"没必要为了我这样走回去，艾樱红着脸往下说，"钱不够的话一起住一晚……也没关系。"

"我不是好人。"男生说着若有若无地扫了一眼女生的身体，"万一……"

果然还是不良少年的气息更浓一些，艾樱被那一眼吓得后退一步，马上又意识到对方只是故意吓唬自己。

"喂！"

"我是为了走回去才来。"似乎触动某个点，他又恢复到冷漠的表情，然后从口袋里掏出一些钱放在桌上，"等会儿用热毛巾敷一敷脚，没有伤到骨头，休息一晚应该会好很多。到了明天你自己买车票回去。"

眼看他转身下了楼，艾樱突然反应过来，冲到屋内的窗台边，过了一会儿，男生从旅店出去的身影再次出现在视线里。

“喂！”艾樱趴在窗边叫住他，“我叫艾樱，你叫什么名字？”

男生抬头，木质的窗透出暖黄色的光，雪簌簌落下来，被氤氲的光笼罩的女生看起来好小。很像……那个人。

过了一会儿，艾樱几乎怀疑他是不是被冻死了的时候，才听到他的声音：“叶瞬。”

“我该怎么把钱还给你？”

“不用还了。”

他转身继续向前走，雪花落在他黑色的头发和黑色的背影上，然后他消失在茫茫雪原里。明知坐错方向却跟自己一样坐到终点站，帮助她却又像个坏蛋一样吓唬她，有旅店不住却坚持在大半夜走回去。“我是为了走回去才来”，脑海里回想起他说的那句话。总之，是个怪人。

洗完澡出来，用热毛巾敷在脚上，受伤的周围已经完全红肿了，也许是过了度，反倒感觉不到疼了。艾樱抬眼看了看窗外，天空还在继续飘着雪。

那个家伙该不会在中途被冻死吧？忍不住这样闷闷地想。

叶瞬。

瞬。

舌尖微卷，气流从下端往上，再脱口而出的，是他的名字。

即使很久以后，艾樱也一直记得。初次相遇时男生冷冽的气息和漆黑的瞳仁，与目的地相反的电车驶向深夜，茫茫的雪原里氤氲着光，雪花簌簌落下来，比那更轻的是你的目光。时间的指针一直旋转，冬天过去以后是春天，秋天之后迎来另一个冬天，有雪有风有寒冷，怎么忘得了？

梦与蔷薇花

那场雪连续下了一周，中午时稍微晴朗一阵，到了晚上又幽幽地接着落下来。矢野虽然每年冬天都会下雪，但持续这么长时间，天气预报里说几年未遇。

抱着练习册从办公室出来时，艾樱看到整个矢野中学都被白色包裹。树木也好，草坪也好，红色的琉璃瓦也好。只有古钟楼的指针一点一点向前流转。无法阻止的，唯有时间。

经过化学实验室，还是忍不住往里看。容纳几十个人的实验室内，只需几秒，艾樱的目光便停留在最后一排靠窗户的位置。燃烧的酒精灯前，那个弯着腰的背影，她闭上眼也能看清他的脸。可即使是这样的大白天，他也看不见自己。因为和他同一组的女生被刮伤了手指，此刻的他正忙于为她止住伤口的血。明明只是针眼大的伤口罢了，明明只是流出比一滴泪还小的血滴罢了。

你也看看我啊，我的脚受了伤，走路都不方便，为什么你不知道呢？艾樱在心里呐喊，可他听不见。

——为什么你不知道呢？

玻璃窗上覆盖着一层厚厚的水汽，白白的雾模糊了视线。女生的视线里一片含混到失焦的颜色，像常常半夜会有的幽蓝色梦境，无边无际的空洞与孤独。窗户边的学生注意到她，疑惑的目光似乎在问她找谁，艾樱勉强笑了笑，抱着练习册继续向前走。

12月28日。

艾樱在心里决定和智分手的第48天。

优秀得有些冰冷的智，温柔却让人捉摸不透。和他在一起的时光里，艾樱曾觉得全世界的灯光都聚在自己身上，有成为公主的欢愉，可是男生隔着镜片的目光，游移到抓不到焦点。说着“我喜欢你”却从来不记得她的生日，约会总是她主动，分别时男生会温柔地叮嘱“路上小心”，却因为线路不同从来都是在车站告别。女生的手机上他的号码是快捷键1，男生的通信录里却只有“艾樱”这样冷冰冰的名字。

在做完值日的傍晚，窗台上跳跃着橙色的夕阳，轻柔的窗纱在微风里轻轻摆动，黑板的右下角她和他的名字靠在一起，于是她说“在一起吧”，他点点头。也是在做完值日的傍晚，和他已经不同班的黑板右下角再也不会出现男生的名字，只剩下自己孤单地留在那里，她趴在窗台边看着那个叫和子的女生佯装摔倒去挽住他的手臂，从此没有分开。

之后传闻像冷风不断灌入艾樱的耳朵。智和和子分组总是在一起，智和和子开始一起去食堂，智和和子一起去另一个城市比赛，智和和子一起做的研究课题获了奖，公告栏的红榜上他们的名字紧紧靠在一起。而这些，智从来不解释。渐渐地，艾樱失去了询问的勇气。只是一起去常常约会的甜品店时，望着男生没有感情的侧脸，默默地，在心里一次又一次决定分手。

在一起的两年，回想起来是木栅栏里的蔷薇花园，粉嫩美好到像是一场幻觉。

蔷薇有刺，一边美好，一边被扎得生疼。

细细小小的血珠在艾樱的心上一颗一颗冒了出来。

疼得多了，也就麻木了。

休息几天后，艾樱脚上的伤已恢复大半。先是青黑色，然后渐渐变成深紫、褐黄、浅黄，一层一层淡开，疼痛感早已停止，却依旧以此为由赖在家里不去学校。即使守在空荡荡的家里很寂寞，明知谁都不会回来，还是哪里都不想去。

最后是被雅子轰出门来，天然又神经大条的朋友没有规划，只是陪在自己身边，但仅此已让艾樱心里生出满满的暖意。两个女生在寒冬里跑去吃冰激凌，掏出钱包付账时看到夹层里放着的十元零五毛钱，女生心里动了动，那是上次瞬给自己的车票钱剩下的，一直没花也不是什么特别的原因，说起来，如果不是脚趾的瘀青和这些零钱，她大概以为那次相遇也只是自己的一场梦而已。

毕竟奇妙的遭遇和邂逅什么的，艾樱从未想过。

她只是留不住男朋友的傻瓜女生以及找不回父母的寂寞小孩。

“你爸妈还没有回家？”在和智常去的那家叫作“Matsu”的甜品店里，雅子一边翻菜单一边问。

“嗯。”

“也难怪这次闹很大，你爸爸在外面的事确实过分。上次我们在大街上也看到了，那个女人年纪看起来居然和我们差不多大，真够过分的！”雅子冒冒失失地气愤着，注意到自己可能说过火了，才转移了话题，“小樱，你想好了吗？离婚的话，是跟爸爸还是妈妈？”

“谁都不跟。”反正现在也是一个人生活，已经习惯了吧，她的生活已经够糟糕了，所有人都离她远远的才好。

甜品店生意很好，服务员半天不过来，女生对着收银台那边看了看，决定等他们忙完自己派人过来。

“小樱。”雅子试探着问，“你和智这次真的分手了吗？”

“嗯。”

“那你还喜欢他吗？”

艾樱没有回答。

“请问你们需要点什么？”耳边传来熟悉的声音。

她抬头，看清对方的脸后愣住了。清晰分明的轮廓，清秀好看的眉目，冷淡的神色，以及漆黑的好像从来没有撒过谎的眼瞳……他换上干净的黑色衬衣和深绿色围布，头发似乎也比上次剪短了一些，脖颈间还挂着那条鱼形吊坠，但不良的感觉比上次退去大半，整个人显得更加清爽……是瞬。

对方却没有明显的表情变化，收走菜单后，望着他的背影，艾樱怀疑他是不是忘了自己。后来端上甜品时，自始至终他也没有多看艾樱一眼。

“那个服务员长得好帅。”已经忘记前一秒还在问的问题，雅子对着男生发起花痴来，觉察到女生的异样目光，于是不放过机会地八卦起来，“是小樱认识的人吗？”

“算……认识吧。”

艾樱将上次的事对朋友讲了一遍。

雅子立即兴奋起来：“这是超浪漫的奇遇啊！智什么的冰冷男不去管他，反正这么久以来小樱对他的感情也被消磨光了，忘记一段恋情最好的办法就是开始新的恋情，小樱快去把那个美少年追到手啊！”

说到这里雅子已经自作主张地下了决心，她拉着死党的手，目光热忱："总之，我会帮你！我们一起向着幸福go！go！go！"

夜色阑珊

不用艾樱解释她和瞬只是平淡如水的关系，打听到瞬有关传闻的雅子先自觉败下阵来。

——叶瞬是东桥职业中学高中部高三（七）班的学生，而东职是出了名的聚集小混混的地方。

——叶瞬是东职小混混的头目，打架斗殴是常态，曾经还进过警察局。

——叶瞬是在酒吧驻场乐队的主唱，前不久因为个人原因解散。

——叶瞬是交往过很多女人的花心鬼。

——叶瞬的前女友自杀过。

"虽然看起来很美好，结果越美好越危险这种话竟然是真的。那么危险的男生不适合小樱，我们还是算了吧。"雅子趴在桌上，一脸挫败。

说到这里似乎是把男生从自己的世界里排除出去，事实上，对方却从未走近过。背后的各种议论，倒显得她们自作多情。不过雅子的好意艾樱明白，在学校里远远看到智和和子的身影时，她也有握着拳头告诉自己重新开始的决心。

周末，艾樱躺在床上睡得迷迷糊糊时，常年沉睡的电话突兀响起。屏幕上闪烁着“妈妈”这两个字，女生以为自己置身梦境。

“已经没办法继续下去了，抱歉我实在不想再回到那个家”“下个月大概会去办离婚手续，你自己考虑跟谁”，末尾又说了一句“你爸爸有公司，你选择跟他我也没意见”。

而前一天晚上爸爸回家取东西时说“女孩跟着妈妈生活会好一些，所以你选择跟她我也同意”。

——“没意见”“我也同意”，其实是在说“你不要跟着我”。

表面上的尊重，其实自己像只皮球一样被抛来抛去。家人间的礼貌是海洋上的冰山，遥远得让人孤独。从来没问过艾樱真正的想法，他们什么都不明白。

晚上饿得厉害，雅子周末要和男朋友约会，艾樱不去打搅，一个人默默换好衣服出门，没有别的地方可去，晃晃悠悠就到了Matsu店外。一边埋怨自己没骨气，一边已经推开玻璃门。

点了多芒小丸子和糯米红豆沙，送甜品过来的是瞬。男生一脸陌生的模样不管怎么看都很刺眼，自己果然那么没有存在感吗？“不好意思，糯米红豆沙要稍等一会儿，请先慢用多芒小丸子。”他说。“谢谢——”艾樱也闷闷地回。此时店门被推开，门口的风铃叮叮当当响起，进来的是智，随后一起进来的是和子。艾樱不自觉地低下头吃东西，却被和子抢先一步发现，然后两人朝她走过来。

可恶。艾樱对面前出现的阴影埋怨了一句，然后抬头望着两人露出才发现他们的惊讶微笑。

“你也在这里啊。”智这样说着，在她对面坐下来。和子也坐下来，在他旁边。

“这是我先发现的地方。”艾樱强压下心头的怨气。

“没别的意思。”智扶了扶眼镜，慢条斯理地把菜单递给和子，然后看着艾樱说，“最近一直没见到你，发你短信也没回复，你在忙什么？”

两个月来也就发了三条短信而已。一条是“我的笔记本是在你那里吗”，一条是“笔记本找到了”，最后一条是“今天好像会下雪”。

根本无需她做回复。而他们的教室只是一个在走廊头一个在走廊尾，见不到只是没想见而已。

“哪有你们忙。”艾樱盯着智的眼睛，“你们怎么会来这里？”

——我们约会的地方，为什么要带她来？

“和子说想吃甜品，做完功课后没事，就顺路一起过来了。”

——所以你们周末也一整天在一起。

“下周有堂公开课，智要上去演讲，所以老师让我帮他准备而已，艾樱你不要误会啊。”和子这样解释。

艾樱不知道当时的自己为什么会笑起来，“已经没办法继续下去了”，耳边回响起妈妈在电话里说的那句话。是的，这糟糕混乱的生活，已经没办法继续下去了，她也是。

“插足的第三者也能这样道貌岸然地假装好人呢。”艾樱看着和子一字一顿，“真恶心。”

之后和子涨红脸双眼通红的模样、智沉下脸来生气的模样、两人转身离开甜品店的模样，艾樱已经懒得再去回想。她感觉到有一股东西在她心脏的最深处逐渐汇聚，像水龙头不断渗出的水滴，一点点聚集成磅礴的力量，会带来台风、引来暴雨，席卷毁灭全世界的力量。她握紧了拳头，青色的血管从手背上凸出来，她闭上眼睛，拼尽力气想要把那黑暗的源头封印回去。

只是觉得很累。落地窗外灰蒙蒙的世界，很快就会进入黑夜。女生趴在桌上迷迷糊糊睡了过去。

醒来时被长相甜美的女服务生提醒甜品店已接近打烊。艾樱睡眼惺忪，揉了揉眼才瞧见墙上的挂钟指示针已落在10的地方。抬了抬胳膊，发现身上盖着一件黑色外套。

“这是……”艾樱摸着衣服疑惑地看着那个女服务生。

对方指了指正在柜台忙活的男生，笑得满是憧憬与羡慕。

瞬换好衣服走出店门时，看到在门口搓着手哈气的女生。

“谢谢了。”艾樱上前追着他的脚步，“横垣那次的事，还有今天的衣服……还以为你不记得我。”

“不要为了这种小事就跟着一个危险的男生。”瞬还是那种漫不经心的语调，“你那个朋友不是提醒过你吗？”

艾樱一脸“你怎么知道”的表情。

“她的一半情报是在甜品店收集的。”

雅子那个笨蛋——艾樱只想扶额。

“喂，你真让人搞不懂啊。”明明有很恐怖的传言，却总做着让人觉得温柔的事，一次、两次、三次……又始终一副拒人于千里之外的模样，完全搞不懂。但因为这样，反倒更想去了解他，连自己也变得奇怪了。

“为什么要搞懂？”瞬继续着向前的脚步，因为红绿灯才不得已停下来，一路跟着他的女生一头撞到他的后背上，他回头看了她一眼，还是那种冷冷的眼神，艾樱就有些想逃跑了。

“你不去追你男朋友，一直跟着我做什么？不怕我带你去奇怪的地方？”

“我早就把那个浑蛋甩了。”艾樱挺了挺胸，似乎这样会有更多底气。

“是对方把你甩了吧？”

艾樱收回觉得他温柔的想法。明明是个毒舌的家伙。

瞬看着女生气鼓鼓地低头翻钱包，过了一会儿掏出一百元钱递给自己：“上次借你的钱，还你！绝对不想再跟你有任何关系！哼！”

红灯还在倒计时。面前车来车往，霓虹闪烁，附近的各种高级餐厅的落地窗上反射着彩色的光。艾樱生气地把钱塞到瞬的手里，转身就要跑，周围的人却突然变得慌乱，女生还没反应过来，就听到急刹的声音，然后整个人被一股突如其来的很大的力气抓了回去。女生惊魂未定，公车司机在窗口骂了几句“找死啊”，然后继续向前开走，周围的人都在看着自己。

“你搞什么啊。”瞬气喘吁吁，刚才把她抓回来耗费了不少力气，“失个恋而已，用得着寻死吗？”

——明明是被你气的！

艾樱呼吸平稳后想要挣脱他反驳几句，话却未出口，浑身胀鼓鼓的气被戳破。瞬明显感觉女生身上没了力气，软趴趴地窝在他怀里。男生顺着她的目光看过去，对面那间意式西餐厅里，一个中年男人正将一块切好的牛排放进对面小女生的盘子里，小女生笑着起身在对方脸上亲了一口。而那个男人的眉宇之间，和艾樱相似。加上此刻女生皱巴巴到快要哭出来的表情，一目了然了。

红灯跳成绿灯。

“要你管。”艾樱沉沉地说了一句，然后甩开他的手，先一步去了马路对面。

瞬望着餐厅内的两人慢掉几拍，然后才跟了上去。

之后去往车站的路上，两人隔着几步距离沉默着向前走。瞬看着艾樱的背影，见女生抬手抹了抹脸，猜想她是否在哭。红色、绿色、黄色，旁边的霓虹灯发出不同颜色的光，积了雪的街道上熙熙攘攘地过往着陌生的人群。艾樱瘦弱的背影看起来格外寂寞。瞬想起有一次和另一个女生也曾这样走在回家的路上，当时女生也抬手抹着眼泪，他跟在后面、看进眼里，却终究什么也没做。明明对方是为自己伤心，那些眼泪他当时没有去抹掉，以后便再也偿还不了那份情谊。想到这里，瞬加快脚步，上前和艾樱并肩走在一起。

“你前男友怎么样？”瞬的双手插进口袋里，不以为意地问她。

“差劲！优柔寡断又对谁都漫不经心，我真怀疑所有女生在他眼里都是一个样。”被转移了注意力的艾樱像个小孩子，失落的表情果然迅速转换成生气，想起前一刻智带着和子离开的情景，已经连生气都不算了，“我也搞不懂自己怎么会喜欢他，除了长得帅点头脑好点有性格点明明没有优点……算了，还没你高没你帅没你有性格……”

“那跟我交往怎么样？”

开什么玩笑？艾樱刹住脚步，惊愕地看着他。

“其实我也失恋了。失恋是很不酷的事，所以我们都不要失恋比较好。”瞬说，“我们交往吧。”

不是询问也不是征求意见，似乎只是在陈述一件事实，是否能成真也不重要。还是那种漫不经心的口气，却是和智的漫不经心完全不同的感受。邪气的、淡淡的笑，似是而非的让人捉摸不透的眼神。霓虹闪烁着彩色的光，他低下看着自己的脸一半勾勒进阴影里，另一半氤氲着温暖的柔光，落进眼眸深处，便凝了光驻了彩。艾樱慢掉一拍，脸热起来。

过去的是最柔软的风

艾樱从来不否认自己对智的喜欢。

初中时暗恋他，高中的升学仪式上惊愕地发现他站在自己班级的队伍里，忍不住上前去打招呼，回程时自然地就以“老同学”的熟人架势走在一起，后来报到迟到的少年也就自然地和自己成了同桌。和他正式在一起的那天晚上，艾樱激动得窝在被窝里笑了又哭、哭了又笑，就好像突然被幸运砸中的路人甲，顷刻间有了公主的光环。

但她是过度膨胀的热度计，智却是内敛到近乎没有感情的冰冷性格，所以回忆起来，两人在一起的时光，她几乎都是孤单一人，班级聚会上女孩子们热情地讨论着自己的男朋友时，虽然享受着“拥有一个非常棒的男朋友”的光环，实际上并没有什么可值得炫耀的温柔情节。

仅有的一次，是元旦游园祭被派去学校仓库取道具，灯坏掉了，外面投来的那点稀薄的灯光根本不足以让患有夜盲症的女生看清仓库的情景，胡乱的摸索中箱子被连锁推倒了一堆，当时是智救了她。他牵着她走出去时，她觉得自己的人生明亮起来。他手心的温度，艾樱现在也记得深刻。

回忆里能让人眼眶灼热的事情屈指可数，在那场恋爱里，艾樱一直都是一个人，一边满足一边孤单。时间长了也会疲惫，她觉得自己体内的某种物质被一点点消磨掉了。在破碎的、缺少关爱的家庭里，她曾幻想过找到心爱的人，被一个人温柔地守护，被一个人长久地喜欢，去证明爱的存在。可是和智在一起时，她体会到的却是爱的无能为力。

直到遇见瞬。

是以那样轻浮得连告白都不算的方式开始，却在往后的日子里让艾樱体会到了什么是“被守护”。传言中被恶魔化的瞬，在现实里却超级温柔。

——虽然是传言里东职小混混的头目，却剪了清爽的头发穿着甜品店的工作服认真地工作。

——虽然常常一副不让人亲近的表情，但对于花痴他的女生也一直说着“请慢用”“对不起，马上就来”“欢迎下次光临”之类的礼貌的话。

——虽然私服的确看起来有些不良少年的味道，也的确因为打架被学校遣回家闭门思过一个月（目前就是），但会借女生的笔记去看，明明也想要认真学习的啊。

——虽然很冷淡，但在下班后一定会送女生回家，看到自己很冷时，会默默把自己的手放进他的口袋里。

——虽然很毒舌地说一些不留情面的话，但每次跟女生讲话时，个子很高的他总会低下头来看着她。

——虽然不会说什么甜言蜜语，但过马路时一定会牵着自己的手，瞬的手心真的非常非常温暖。

总之，即使他沉下脸时让人畏惧，但艾樱眼里的瞬完全不可怕。起初很担心的雅子也渐渐放下心来，说瞬是百里挑一的男朋友。被很多女生觊觎的少年，和艾樱在一起时从来没有过脚踏几只船的传闻。

到了1月中旬，瞬结束禁闭重新回到东职上课，矢野中学的周五下午只上三节课便结束，艾樱去他的学校等他。远远看到一个女生和他站在一起时，男生的表情和面对甜品店里的那些女生不尽相同，只是细微差别，但艾樱却清晰地捕捉到了。

因为有着那样轻浮的开始，女生的内心深处并未敢把瞬当作己有，只敢担心地站在很远的地方。瞬看到她后，却径直走过来，第一次在并非过马路时也牵起她的手，耳边传来他轻轻的声音，“不要误会”，他居然对自己解释。

和智在一起时从未被如此对待，那一刻艾樱红了眼眶，温热的暖流窸窸窣窣从心脏里冒出来，随着脉络流经全身。

瞬还在Matsu上班，艾樱将晚自习的功课挪到店里做。雅子和男朋友闹了矛盾才和好，两人如胶似漆，没有时间陪自己，但坐在Matsu的角落里喝着红豆汤的艾樱已经不会觉得寂寞。瞬在店里来来回回，看着他的身影，艾樱也忍不住嘴角上扬微笑起来。

有一天，爸爸的小女友出现在店里，艾樱正做完一套题看窗外休息眼睛，然后看到那个女生穿得毛茸茸的走进来。第一次近距离看，齐刘海儿、琉璃灰色的眼、五官普普通通，身材瘦小得让人怜惜，这样看过去时只是普通的女中学生而已，完全看不出什么妖艳的感觉，倒是有些胆小地一直低着头。

瞬去请她点餐，看清对方的脸后，男生的脸色比任何时候都阴冷，艾樱看到女生吞吞吐吐地说了一通，等男生转身时才敢抬眼看着他的背影，那样胆小的人，却做着分裂别人家庭的事。

世界含混不清，仅凭表面的判断什么也看不出来。好的还是坏的，喜欢自己的还是讨厌自己的，根本分不出来。

让别的服务生端了甜品过去，瞬和艾樱的视线交会，男生便绕路走了过来。

“你收拾好东西，我去请假，我们现在就走。”他说。

之前在马路边撞见的一切，原来他已知晓。艾樱点了点头。她的确不能保持理智地一直看着眼前那个女生。艾樱脑海里浮现出第一次在商场看到她挽着爸爸手臂的样子，浮现出在街边隔着玻璃看到她仰头亲吻爸爸脸颊的样子……很难过。

时间才8点。

天空又飘起小雪。它们小心翼翼地悄无声息地飘落下来，女生的头发、面庞、脖子、肩膀、蓝色呢子大衣，全部成为盛放那些白色六角花朵的地方，美丽的时间总是短暂，一会儿后花朵变成水滴，在女生裸露的皮肤上留下一小片凉凉的水渍。

车站人很多，排队刷卡后随着人群下了电梯，狭窄的空间内，呼出的热气让气温升高，那份暖意带着陌生的味道涌入艾樱的身体。3号线人很多，两人站在站台等。谁都没有说话。

“你家里一直都没有人吗？”瞬突然问。

“嗯。”女生轻声回答，然后仰起脸对着男生笑笑，“我快忘记上次和爸妈一起吃饭是什么时候的事了。”

安静了一会儿，艾樱无聊地踢着脚下的一张碎纸屑，然后听到瞬的声音。

“那么，去我家吧。”

换乘了2号线，四站之后停下来。跟随着男生拐了几次弯，从闹市进入居民区。小区里的大婶直勾勾地看过来，艾樱就脸红地贴得男生更紧一些。

倒是和传闻中不良少年的身份完全符合，杂乱的地下室里，堆放着小区里很多乱七八糟的物件，空间非常宽敞，墙壁上很多夸张的涂鸦，冬日的地面很潮湿，灰白色的墙壁上有很多石灰脱落的痕迹，墙角处有漏水的痕迹，陈旧的黄色像雨留下的一条条线索。很宽很长的桌面上乱七八糟地摆放着男生的书和吉他之类的，还有一堆机器人玩具，艾樱想笑，不过视线移开一点，看到男生的床，顿时又满脸通红。

瞬弯身拿开了椅子上堆放的衣服，腾出点空间让女生坐。

“你常常带女生回来？”她忍不住问了。

男生突然靠得很近，脸上是邪气的笑：“你想听我说你是第几个？”

“开、开什么玩笑。”太近了，吓得她差点从椅子上掉下去。

“饿了吧，我去做饭。”男生已经转过身去了。

可恶，每次都被吓到。

用冰箱里仅有的食材做了意面，艾樱吃了一口，顿时闭上眼睛感叹“太好吃”，长得帅有点坏很温柔还会做饭，完全就是偶像剧里的男主角，直接戳中女生心脏啊！有这样的男朋友真是赚大了！

“慢点吃啊你。”看着女生像小猫一样吃得到处都是，瞬又好气又好笑地找了餐巾纸递给她。

“太好吃了嘛，想不到瞬还会做饭啊！”

“想吃的话，以后随时都可以来。”

——因为知道你是一个人，所以随时都可以来，我会做饭给你吃。

“嗯。”听到这句话，艾樱低下头，鼻尖酸涩得厉害，眼眶红通通的。

之后稍微多知道了一些，瞬也是一个人在外面生活，说是父母都不在了，具体原因艾樱没有多问，不想去戳他的伤口。

“说起来我们很像。”瞬在洗碗的时候说。

一个人长大、一个人生活、一个人面对所有一切，绝对很寂寞吧。如果是自己，会常常哭得说不出话吧。瞬可比自己坚强多了。

水龙头哗啦啦地流着水，男生好看的手指擦着碗，不算亮的灯光打在他低垂的脸上，不知道为什么，艾樱就看不清他的脸了，只觉得自己的脸上凉凉的一片，忍不住从背后环抱着他。

“瞬。”艾樱听到自己的声音带着颤抖的哭腔，“你会一直在我身边吧？”

感受到男生瘦弱的身体僵直了一刻，他手下的动作却并未停止。

“嗯，如果你这样希望的话。”

全身都被泡在酸楚里，泪腺不受控制地崩溃。眼泪不停地往下掉，把男生的后背打湿了好大一片。就是想哭啊，痛痛快快地哭上一场，等哭完了，世界会重新亮起来，去迎接崭新的属于forever的童话。

那时候的艾樱，还从未想过瞬会突然提出交往的原因。

或者说，故意不去深想。

2号线和3号线

寒假来临前，矢野市几所学校共同举办的辩论赛在远景中学举办了决赛。期末考试已经过去，艾樱被学生会部长的雅子拉着一起去凑热闹，美名其曰矢野中学的亲卫队，做着一些端茶递水的跑腿工作。

比赛过程中，艾樱隐隐觉得有人看着自己，视线转了一圈，也没看到熟悉的人，以为自己多虑了。站起身来递东西的同学重新坐回座位时，艾樱才注意坐在背后的女生。看起来有些面熟，对方已经移开视线继续关注着场上的活动。之后艾樱一直为想不起来耿耿于怀，比赛也看不进去，直到到了下半场才恍然大悟——那是在东职门口和瞬站在一起的女生，好像在甜品店也碰到过两次。

比赛的结果艾樱并不关心，站在礼堂门口等雅子时，那个女生正巧出来，两人视线相遇，对方迟疑了片刻，终于走了过来。

“我知道你，矢野中学高三（四）班的艾樱。”她说，“我是瞬的……（她停了一会儿）瞬的朋友，或者朋友也不算。”

“哦。”艾樱迟钝地点点头，隐约觉得哪有那么简单。

“不要多想，我跟他只是在同一个地方打过工，不是你想的那种前女友的关系。”女生走了几步，到了走廊上人少一点的地方，“你和瞬在交往是吧？”

艾樱点点头。

对方盯着自己看了好一会儿，艾樱有些莫名其妙。

“那个笨蛋过得很辛苦，看起来坏坏的，其实也不是什么坏人，负责过了头，把自己搞得一团糟。”女生咳了几下，“这些话我并没有资格说，只是实在看不下去了。不过过去的事已经过去了，你不用在意，以后可以和他好好在一起吗？”

艾樱蹙起眉头，不明白她是什么意思。

“那个人……如果你不说分手，他是不会离开的，所以以后，请和他好好在一起，不要放开他的手，让他幸福。”

“你们……”

“不要多想我们的关系，他以前帮过我很多忙，我只是想如果是你的话，大概他以后会过得轻松一些。”女生继续说，“我和他什么关系都没有，这点千真万确。”

“弥亚，弥亚！这里这里！”走廊另一边一个很可爱的女生朝着这边挥手，两人似乎是朋友。

“我先走啦。”被叫作弥亚的奇怪女生转身向着朋友的地方走去。

当时的艾樱稀里糊涂，但一会儿后有了答案。

和雅子会合后一起出校门，在远景中学的门口，看到了瞬。他脸色很难看，而正拉着他手臂纠缠的女生……竟然是爸爸的小情人。艾樱觉得自己的心脏瞬间沉下去，恍恍惚惚，有入梦的错觉。

雅子凭着广阔的人脉稍微打听，真相的脉络便清晰起来。

——拉着瞬的手的女生是凌音，远景中学高二的学生。众所周知的另一个身份——瞬的前女友。

——从好朋友的手里抢走瞬，没什么优点，不被女生喜欢，却是跟很多高人气男生有着千丝万缕关系的女生。

——真假不得而知，却是传说中自杀过的女主角。

——抛弃了瞬，又不愿真正放他走的女生……

——是瞬最喜欢的人。

于是明白了他当初为什么跟自己交往的原因，明白了他带自己回家做饭给自己吃的原因，明白了他对自己温柔的原因。才不是什么“失恋是很不酷的事，所以我们都不要失恋比较好”，才不是“我们很像”，才不是“如果你希望的话，那就一直在你身边”……通通都不是。他只是因为喜欢的人破坏了你的家庭，所以觉得亏欠你、可怜你、想要补偿你。

——偏偏这让你最心痛，却又心痛得不能有任何怨言。

——他是个大笨蛋，而你也是。

隔着远景中学的大门的铁栅栏，艾樱觉得手脚失去力气，瞬的目光看过来时，她从里面看到的是满满的悲哀。可是她走不出去，没有勇气去推开正拉着他手臂的凌音，没有勇气和他再对视一眼。

很久以后回想起来，如果当时自己再有勇气一点，再多喜欢他一点，再坚强一点，听从那个叫弥亚的女生的话，不放开他的手，冲出去帮他从凌音的纠缠里挣脱出来，也许一切就会是另一番模样。

可当时的她，只是站在那里，和瞬悲哀地对视，任晶莹的液体跌出通红的眼眶。

和智分手时，艾樱觉得世界变得很灰暗，失落到以为自己没有丝毫运气。而和瞬不再见面的日子里，她却一次又一次在半夜流着眼泪醒来，心很痛，为自己，也为瞬。

艾樱只是心疼他，很长时间没有再见面，不是不愿，是不敢，大概一见面自己就会哭得停不下来。毕竟凌音不是和子，也不是那么简单的前女友的关系。

关于那天的事也未有谁主动提及。该如何说，谁也不知道。如何说都伤人，唯有躲着不见。仿佛不去戳破那一层透明的界限，时间久了再见面时一切就被掩盖过去了。

可世事往往是——你放开一次，就永远失去了。

寒假过去一半，父母的冷战还在继续。

从艾樱记事起两人就没有一天安宁过，为玄关的垫子放歪了吵，为洗手间的水龙头没关吵，为客厅里灯的瓦数太低吵，总之没有一件符合心意的事，爸爸离家出走前说，这个家就像地狱。而妈妈随手抄起铲子就砸了过去。他们俩闹的时候，女生觉得自己的存在像个笑话，既然那么讨厌对方，为什么要在一起，为什么要结婚，为什么要生下我？

原本说好的离婚依旧每次都会跟艾樱提起，只是单方面，两人却从来没有碰到过一起。女生觉得自己已经受够了。

妈妈隔天回家里取东西时，又在女生耳边碎碎叨叨地埋怨起爸爸的种种不是。艾樱心灰意懒，也无力再去做任何劝阻。

“你们离婚吧，大家这样只是互相折磨。”

“离婚是迟早的事。”完全注意不到女儿的绝望，妈妈从橱柜里翻出几件大衣塞进箱子里，“他在外面有女人就算了，我知道他只是玩玩，但突然给我搞那么大个女儿回来，无论如何我也绝不妥协……小樱，你那是什么眼神？”

“妈妈，你刚刚什么意思？”艾樱头脑发热得一塌糊涂，“你是说那不是爸爸的小情人，是……私生女？”

“艾俊疼爱那个野种意味的不是分家产，钱我也不在乎，但那是真正的背叛，我绝对不允许！哎？小樱？”

女人眼前前一刻还在的女生，已经不见了，只听到客厅里传来门关上的声音。偌大的空间顿时沉寂下来。收拾好行李出门时，站在玄关处换鞋的女人不经意望了一眼家里。

红蓝相间的格子桌布拖了一半在地上，白色的餐盘碎裂成大大小小好几块，那张大家依偎在一起微笑的全家福也摔在地上，玻璃镜框从右下的某个点开始，放射状地碎出一条条裂痕，案板上放着几个速食面的盒子，原本胡椒色的汤泛出黑色，几只蝇停下又飞走，久久盘旋在周围，脏的碗筷和喝光的啤酒罐东倒西歪地叠了很大一堆，厨房内没有拧紧的水龙头缓慢聚集着水滴落下来，整个房间里只有冰箱每隔一会儿发出的呜呜呜的气流声，电视机的电源在黑暗的房间里持续亮着那一小点的红。

——小樱就是在这样的环境里生活了一天又一天吗？

——还是那么大大咧咧的，完全不会照顾自己。

——一点没长大。

女人突然就红了眼眶。

而此刻，连外套也忘记穿的女生在1月飘着雪的大街上奔跑。扑面而来的寒流、喧嚣的人群、心痛的感受……此刻全然被女生抛在身后。跌跌撞撞挤过车站内汹涌的人流，在3号线的电车内被挤得脚快离了地，直到气喘吁吁地推开Matsu的玻璃门，汹涌而入的风吹得门口的风铃叮当作响，正擦着杯子的男生回过头来。

——所有被误解的事，全部想要告诉你。

“就为了说这些大冷天不穿外套就跑过来？”端来一杯热气腾腾的奶茶放到女生面前，然后盯着她，“先喝一口驱寒。”

“好烫。”刚沾到嘴唇就被吓退回来，“瞬你故意整我！”

“有那么烫？”男生径直端起来喝了一口，“哪有你说得那么夸张，快喝，我可不想日后被流着鼻涕的人埋怨。”

艾樱捧回奶茶乖乖地慢慢喝，刚刚瞬直接就喝下去了……真是的。

“你脸红什么？”他却一点不明白。

“间接接吻什么的，会让人血液沸腾的啊。”支支吾吾半天，她才小声说了出来。

结果脑袋上吃了一颗爆炒栗子。

“既然如此，为什么还要跑来告诉我这些？”

——希望你幸福，希望你……回到喜欢的人身边。这些话说不出口，艾樱闷闷地回答了一句：“你管我。”

接下来的半天，瞬只是在甜品店里继续擦着杯子，或者招呼客人。原以为他知道误会以后会跑去找凌音，毕竟……是他那么喜欢的人。此刻的他又在想什么呢?

艾樱傻乎乎地望着依然留在店里的他，心想这大概是最后一次如此看他，不禁又悲从中来。

直到瞬下了班，两人一起走出Matsu，瞬将自己的黑色外套披在女生身上。想说你也会冷，才发现自己一个字也说不出来。在等待电车的时候，望着3号线对面矢野通往横垣的电车，瞬才终于开口说：“你知道我那天为什么去又为什么走回来吗？”

女生摇了摇头。

“凌音那个人，大概是从小寄宿在陌生家庭吃了很多苦的缘故，胆小自卑，渴望幸福又不满足，脑子不够聪明又常常耍些小心计，惶恐的模样总是让人放不下。”瞬苦笑，“横垣是我和她一起去过的地方、留下很多回忆的地方，那时候的我以为去了再走回来，就可以与过去告别，从此不去想她。”

——做不到是吗？

“和你在一起的时候，想着就这样简单地生活下去也可以，结果你还是放开了我的手。”

——因为我知道真正放不开的是你。

“谢谢你，和你在一起的时间虽然不长，却是这些日子以来我最轻松的时候。”

——所以，我们到了该说再见的时候。

“我有一个请求。”

“嗯。”

“接下来我们背对着离开，你坐2号线去找她，我坐3号线回家。谁都不要转身。而下次再见面的时候，一定要是微笑着的。”

“好。”

“小樱。”转身前他第一次这样叫她的名字，声音轻得让她快要流下泪来，“以后不要那么爱哭了。”

肩膀上传来他的温度，微微前倾，整个人便跌进他的怀抱。艾樱觉得体内的寒冷在那一刻被他的体温赶走，瞬的身体很单薄，她伸长手轻松地环抱住他。他身上的味道她至今仍找不到合适的形容，固执地认为那是蓝天的感觉，具体是什么感觉，并不需要去深究。他的怀抱好温暖，似乎以后的自己都不会再感觉到寒冷。

她清晰地感受到自己的沉溺，在告别的最后。

比任何人都清楚他的内心，所以不得不放手。

背对着转身，一步一步向前，绝对不要回头。

瞬进了2号线的车厢内，转身的瞬间才发现女生一直保持着最初的姿势双眼含泪地凝望自己，他心里一动，想要跳下车来，电车门却在那一瞬间阖上。女生朝他喊着什么，他已经听不清，被风吹散了。

电车呼啦啦地向前行驶。

你听见了吗

独自出门的某一天，同样站在3号线的站台。对面的电车进站，那一刻女生毫不迟疑地跳上了矢野一横垣的电车。没有山羊突然闯过运行线，没有电压不稳，没有突如其来的保龄球砸伤自己的脚，电车行驶在安静的旷野，窗外的雪原在视野里一闪而过。

之后沿着运行线深一脚浅一脚地往回城的方向走。

你所经过的地方，这次换我来告别。

又想起在和瞬去往旅店的途中，两人遇见的那段蛇蜕。

是蛇蜕，是告别。

现在想来，最初的相遇竟是悲伤隐喻的开始。

未来我会变得更独立更自由，此刻还没有。

未来我会被很多人喜欢，此刻还没有。

未来我会忘记你，此刻还没有。

但我知道，此刻还没有的一切，未来一定会有。

我们第一次见面时在雪地里发现的那一段不完整的蛇蜕，薄薄的透出稍显灰色的白。曾几何时，它曾依附于没有四肢的躯体上，被砂石磨、被草木割，它没有温度，冰冷得不会让血液沸腾，却始终温柔地守护着蛇的身体，不动声色地陪伴它成长过一段又一段漫长的时光。它曾是让人胆战心惊的存在，现在却被身体抛弃，被新生的外壳替代，于是剥落下来，寂寞冷清地留在那里，慢慢被冰冷的白雪覆盖。

因为知晓如此，于是很久以后又一次遇见它的刹那，它躺在枯萎的草丛里，依旧孤寂冷清，像那些伤心的往事凝固在一起，女生的内心不能有更多体会，所以才会在那一瞬间，捂住嘴，再一次无比伤心地大哭起来。

告别总是让人神伤的事，可你亦明白，那是成长必经的痛，只是一次成长罢了。

因为有告别，才会有新的相遇。

“艾樱？你父母很爱樱花吗？”记忆里寡言的男生在扶着自己向前走时，戏谑地讲了个冷笑话。

“爱樱花……还爱樱井翔呢。”说完这句后，当时的艾樱破涕为笑。

如今行走在相同的地点，身边却少了那个人。

天空飘着小雪。它们小心翼翼地悄无声息地飘落下来，女生的头发、面庞、脖子、肩膀、蓝色呢子大衣，全部成为盛放那些白色六角花朵的地方，美丽的时间总是短暂，一会儿后花朵变成水滴，在女生裸露的皮肤上留下一小片凉凉的水渍。

在曾经遇见你的茫茫雪原，视线拉远，女生瘦弱的身躯变成微小的点。

消失不见。

——告别是重新相遇的开始。

瞬，将来有一天，如果你累了、倦了、放弃了，我会在这里等你回来。

就好像那句被风吹散的话，即使你没听到，我也会永远记得。

“一定等你回来。”

花　火

I also want to fall
In love
With you
For a lifetime

记忆穿过一条一条长廊，跳过黑板和桌椅，
跳过操场和林荫小路，跳过流动的风和滴落的雨，
抵达温柔的你。

去千叶的火车两日一列，下午4点出发，第三天清晨抵达。

沿途经过一望无垠的绿色梯田，也经过一段很长的隧道，之后一直是森林。树荫遮蔽太阳，零碎的日光漏进来，混合着车厢内笼罩着的奶白色灯光，暖暖的，一圈一圈漾着。虽时值暑假，但车厢内稀稀疏疏坐着几个人，送餐饮的小推车好久才来一回。

穿过两个夜晚，机械的声音将静谧的时光拉回。列车门打开的瞬间，卷入清新而陌生的气流，那一刻便泫然欲泣。火车从身后晃悠悠地继续前行，小春提着小小的行李箱站在千叶清晨的站台。

天色已明，灰色的站台一眼看到底。红色顶棚下挂着几盏壁灯，狭长的过道两旁是陈旧质朴的木质长椅，灯懒洋洋地亮着。小春按照指示箭头走向出口，检票闸口的工作人员是和蔼可亲的老爷爷，笑容爽朗，身体却相当瘦弱，以至于制服看起来像是挂在他身上。

“小姑娘是哪家的亲戚呀？”他问。

小春摇摇头，笑答来旅行，然后得到“很少有人来我们这里旅行呢”的答复。

千叶站。门口墨绿色的牌匾上端端正正刻着这三个字。周围是陌生的气息，低矮的建筑和绿色的树，缝隙间隐约透着海的边缘。即使二十一岁也在做任性的事，可是……女生看着周围的景色，耳边传来叫她名字的声音。

“小春。”

那低沉温柔的嗓音，总是轻易击中她的心脏。

小春茫然无措地转身，身后只有空荡荡的晨光。

沿着灰白色的石子路一直向前走，前方不远处有一处住所。

房子和镇上的其他木质建筑是一样的和式风格，干净清爽。院门口有一棵很大的樱花树，花期已过，紫褐色的枝干上流淌着乳白色的树胶，像是透明的琥珀。有个约莫八九岁的小男孩正光着脚丫趴在那里用树枝划着泥土，不知道他在找什么，看起来很无聊，但小男生的脸上却满是兴奋，鼻下拖着动作迟缓的鼻涕，即将掉进嘴里时他猛吸了一下，鼻涕消失了。小春笑起来。小男孩注意到面前的陌生大姐姐。

“外婆！外婆！有客人！”

小男孩从地上跳起，兴奋地来牵小春的手。他穿的白色背心和小内裤被泥土搞得脏兮兮的，黝黑的小胳膊伸出来，在小春的白裙子上留下几处小手印。小春的心情豁然开朗，任他牵着往里走。

“小智，不许胡闹。”从屋里出来的老妇人歉意地看着小春。

小春摸摸小男孩被汗濡湿的小脑袋。小智吸吸鼻涕，冲外婆扮了个鬼脸，躲在小春身后咧开嘴笑。老妇人也跟着笑起来。

受了那抹笑容的鼓励，小春迟疑着开口：“请问……我能不能在这里借住几日？”

房间内只有简单的床铺和桌椅，蓝色的被褥折叠得很整齐。长长的麻花绳从房屋中间坠下来，白色的灯罩下是最原始的灯泡。像一根细细的藤蔓，尾巴上挂着一颗瓜。用架子支起的窗户外能清晰地看到蓝天大海。

未来的一周，会在这里度过。

放下行李回到客厅，阿婆去准备糖水，小春坐在茶几前打量着周围。视线里是古朴的桌椅、茶几、柜台、电视、木制的落地窗户，再远一点，三双鞋摆放在玄关处，最小的一双歪歪斜斜，左脚那只翻了个底朝天。视线晃了一圈又一圈，最后忍不住停留在柜子上的照片上，隔了一定距离，内容看清一半，是阿婆和小智，还有一个少年。他的眉眼模糊在白色的镜面光线里。虽只看到轮廓，却已被温柔的气息包围。

小春双手撑着膝盖，直接上前太过唐突，只好忍下。倒是小智很机灵，指着照片问她："姐姐，你想看那个吗？"小春点点头。

"那你猜猜我的小名是什么，猜对了我就拿给你看。"小智神气地抱着脏兮兮的胳膊，扬扬得意地看着她。

"面包。"小春说。

小智一脸震惊，鼻涕也忘记吸，"嗖"地掉下来。他急忙伸手去抹，结果糊得到处都是，年纪虽小，倒也有了在女生面前出丑后的窘态，于是双手捂脸大叫着"惨了惨了"冲去洗脸了。

"小智很调皮，让你见笑了。"端着糖水过来的阿婆微笑着说。

"小孩子嘛。"小春善解人意地回答。

"小春以前来过千叶吗？"

"没有哦。"

"那怎么知道小智的小名呢？"

想必是刚才听到了两人的对话，面对阿婆的疑问，小春说了谎："我们家有只猫叫面包……没想到能猜中呢。"为了转移话题，小春端起杯子低头喝了一口，唇齿间被香甜沁满："好好喝！"

"加了一些冰糖雪梨和大枣之类的，夏天喝对身体好，喜欢的话就不要客气多喝一些。"阿婆笑盈盈地端起茶壶把小春的杯子加满，然后回头望了望柜子上那张照片，"以前我孙子也很爱喝，可惜……"

接下来的话小春比任何人都清楚。

——可惜以后他都喝不到了。

难过细细密密地从心脏溢出来，小春仰头又喝完一杯糖水，冰凉香甜的液体在她的肚子里，还要再多喝一些才能代替你。阿光。

只是普通的海滨小镇，夏日午后的街道人迹罕至。

被小智拉着去甜品店吃了一份名叫"夏日狂欢"的超大冰激凌，又去游戏厅玩了半小时电动游戏，甚至还去街边玩了扔一块钱硬币抓娃娃的机器，说是要给小春做导游，却一直都是小智精神奕奕地在玩。最后玩累的小男生像初见时一样趴在沙滩上找起好玩的东西来，被阿婆叮嘱了很多遍要穿的凉鞋早已远远甩到一边。

来之前对如何度过这几日隐隐不安，现在却手里提着两只小鞋子行走在千叶的海滩。太阳已沉下大半，蓝色的海面涌动着粼粼波光，是打碎的宝石，耀眼又漂亮。像你的眼，阿光。

茶褐色短发，瞳仁宛若黑宝石的眼。五官是少年特有的棱角分明又呈现出柔和的线条，侧面是能融化人心的宇宙第一温柔，瘦、高、腿很长，一米五八的自己只能达到他胸前。阿光的样子。

这个世界上是有奇迹的。被琐碎和庸碌的日常填满的大脑，苦闷和悲伤肆意蔓延的心脏，黑色的因素日趋占满自己的思维，无数个日日夜夜从睡梦中哭着惊醒。连自己的手机号也常常背不出来的迟钝大脑，无论什么时候想起阿光都如此清晰。

跨过拥挤的人群，他拉着自己跳上公车的瞬间，牵过的手的温度，熨进肌肤、融入血液，他当时低头微笑着说“不用谢”的表情……记忆穿过一条一条长廊，跳过黑板和桌椅，跳过操场和林荫小路，跳过流动的风和滴落的雨，抵达温柔的你。

和你有关的细枝末节，回忆起来全是爱慕。小春曾以为阿光是自己生命里一颗永恒的明亮的星，最后才知道只是一团耀眼的花火，很快就会消失。如果时光可以重回，一定不会错过你。一定。

在千叶的第五日，小春已渐渐习惯这里的生活。阿婆做的饭菜总是很香，每天被小智拖去玩到很累才回来，盖着被阳光晾晒过的被褥很好入眠。无论家里、镇上还是海滩，每一处都是阿光生活过的地方，也许某一刻他和自己踩过相同的土地、触摸过相同的树干、听过相同的海潮声……小春忍不住嘴角上扬。

带来的一点行李依旧搁在房间的角落，身上穿的宽大衬衫是阿婆从柜子里找出来的。小春没有问衣服是谁的。那几颗褐色的扁扁的小纽扣，在毕业前夕她曾计划过很多次去偷一颗。是在学校走廊意外撞到阿光时顺手牵羊一颗，还是在社团办公室趁他午憩偷偷摘掉一颗……想过很多次。

很久以后想起来，那时的阿婆一直是笑着的，从未问过小春来千叶的缘由。或者说，她早已从女生的神情里看透了吧。

离别前一晚赶上镇里的夏日祭，有露天电影和花火会。海滩上拉起巨大的架子和帷幕，前面放了很多小板凳。小春第一次见到这么多镇上的人，一路过来，很多人跟阿婆打招呼。小春遇到熟人，站台检票闸口的老爷爷，他换下制服，摇着蒲扇在指导秩序。尽管头发已经花白，但总觉得他还可以活上好几十年。

尽管只有几日的接触，但无论是去吃冰、买菜、骑自行车，抑或是打游戏、散步、摘水果，小春一直都被千叶的人们善待着。“小姑娘二十一岁了呀，看不出来呢。”“毕业旅行为什么要来我们这样的小地方？回去之后就工作了吗？”“小春有没有男朋友？我家儿子可是很不错哦！”……渐渐能聊很多，独独来这里的缘由无法诉说。但完全能感受到那种纯朴的和善，就像吹来的清凉海风，让她有满满的舒心感。也因此明白了，只有这种地方，只有在这种地方长大的阿光，才会有那种发自内心的温柔笑容。

“阿光前年夏天还一起来看电影了呢。”有人遗憾地说。

“是啊。”阿婆笑着回答。

“真舍不得……”

那是他们唯一一次去登山，也是最后一次。一行六人，因大雪走散。

缠绕在周围遮挡视线的浓雾，草木的身姿是张牙舞爪的怪兽，白色的六角花瓣覆盖一切，深深浅浅的脚印踩踏枯萎的褐色的干草。裸露的皮肤被冰冷吞噬以及……望不到尽头的眩晕。

“阿光……”

牢牢相握的两只手，却预示着分别。小碎石不断从他们身边跌落，跌入那无尽的深渊。冷，好像那下了无数日夜不停歇的雪，冷到骨子里，冷到绝望。

“阿光……不可以放手……”

小春满脸是泪。被树木和雪覆盖的深渊，没有任何可以让她将阿光拉上来的力量。手里握着的那棵手臂粗细的树木也开始摇摇欲坠。

“好想再回去一次，阿婆做的糖水真的超好喝。”阿光仰望着她，脸上恢复了平静的表情，他侧了侧头，望着千叶的方向。

“我也很想见见呢，阿光长大的地方一定超好玩。”小春哭着说，“所以不要放手，我们将来一起去吧……我想和阿光一起去。”

“小春。”阿光笑起来，“已经够了哦。”

下一秒他松开手。

现在想来，或许当时的自己完全搞错了，说着鼓励他不能放弃的话语，站在对方的角度考虑，就像癌症患者到了不能维持的期限，哪有什么“等病好了”。如今的小春已然明白，对绝望的人说希望，是最残忍的事。

对不起，阿光，当时的我寄希望于奇迹，忘了你有多么舍不得，自以为是地将你推入更加痛苦的深渊。

小春很沮丧，跟着一群孩子疯玩的小智也累得趴在她腿上睡了过去。夏日祭提前回家。小智在小春背上睡得很香，过了一会儿他偏了偏头，口水就晃晃悠悠滴落在小春的衬衫上。女生无奈地笑了笑。

途中灯光暗淡，稍有近视的女生视界里模模糊糊。怕她摔着，阿婆牵着她走。年近七旬的老人的手，皮肤干燥粗糙，但小春被紧握在手心里的手，感受到的全是温暖。

最后一次的记忆排除，除开公车那次，小春从未和阿光牵过手。阿光的手指骨节分明，细长，非常漂亮。有几次小春去社团时，男生在睡梦里，她是胆小的女生，坐在那里只敢细细看他的手。如果再勇敢一点牵起你的手……小春摇摇头，怎么可能。

把小智放到床上，小春陪阿婆在院子里纳凉。

天空是墨蓝色，黄色的星星一颗一颗，远处的海在月光下静谧地沉睡。小木桌上放着一排切好的西瓜，那是下午和小智去地里摘回来的，阿婆用冰水镇了一会儿，咬入口里沁沁凉凉的甜。

“小时候阿光也常常像现在一样跟我在这里纳凉。他外公去世得早，阿光的父母孝顺，怕我寂寞，就把孩子送回来跟我一起生活，托他的福，我过得很快乐。”阿婆摇着蒲扇，慢悠悠地继续讲，“小春是为了阿光来千叶的吧？”

夏夜的蚊虫很多，小春蹲在地上用剪刀挑着蚊香，听到阿婆的话时顿了顿，然后继续手下的动作，嘴里轻轻回答了一句：“嗯。”

小春喜欢上阿光，也许是看到他在学校里和流浪猫相处的样子。

干净爽朗的少年，每日都买猫粮去喂食，他坐在花坛边上微笑着将食物分成一小块一小块去喂那只快要死去的猫。轻柔的动作和神情，让阳光都为之失色。但那只猫在几天以后还是死了，死亡最让人无望。

那以后的很多个午后，窗头的秃枝长出绿叶，远行的燕子归巢，只有阿光不再回来。耳朵里却是阿光的声音、脑海里也是阿光的微笑。小春愈加少言，常常一个人躺在家里。风吹开帘子，阳光探身而进。光熨帖着她薄薄的眼睑，刺眼得紧，躺在地板上的身体忍不住翻了翻。于是整个夏天开始倾斜。

她心里空落落地痛着。她知道，她是失去了，永远失去了，阿光。

然而此刻，在他长大的小镇，在他长大的家里，在他的家人身旁……静静吃着刚摘回来的西瓜的人，是自己。

很久以后想起来，阿光他大概知道小春一定会去千叶，在那个地方，所有伤痛都会被治愈。这是阿光的温柔。

阿婆拿出相册，里面有很多阿光小时候的照片。在海里活力游泳的阿光、在樱花树下腼腆笑着的阿光、在客厅里调皮倒挂的阿光、摸着刚剪完的头发苦着脸的阿光……那么多阿光。

“虽然要听话很多，不过还是很像呢，阿光和小智。”阿婆看着小春翻阅那些照片，脸上一如既往地温柔慈祥。

“阿婆。”小春靠着阿婆的肩膀，老人身上散发出岁月的味道，安详宁静，即使说着悲伤的事，难过的种子却似乎不能在她心里发芽抽条，那些翻涌的情感，好像天边被吹散的乌云，“阿公过世时你怎么熬过来的？如果我也能做到像阿婆这样总是微笑就好了。”

阿光，一想起你，我的世界就是雨天。

“一起埋掉了。”阿婆说到这里笑起来，“把以后一个人的孤寂和困难装进了老头子的骨灰盒里，负气地想你丢掉我一个人去过好日子了，那我也要好好生活下去。”

“是这样？”

“还有时间……也放进骨灰盒里了。在一起虽只有短短七年，却很感谢他，以后的时间也想要一起度过，把时间也拜托给他带走了，所以我不觉得寂寞。”

“嗯。”

“不是所有的离别都要用眼泪说再见。我们每个人都不知道自己什么时候和这个世界告别，为了没有遗憾，所以一直微笑着面对，那么即使下一秒就不再见面了，留在彼此回忆里的也全是幸福。生命有时就像花火一样短暂，微小的光却能带给某些人幸福。像阿光那么温柔的孩子，这世界上一定有他觉得幸福的存在，也一定有因为他而幸福的存在，即使到了天上他也会温柔地看着我们，所以我们更应该好好生活下去，将来还会在另一个世界见面的……我这把年纪，也快了。”

“阿婆会活一百岁……不，两百岁……不不，阿婆才不会死。”

“傻孩子。”阿婆怜爱地摸摸小春的头。

嘭——嘭——

远处的海滩传来欢笑的声音，无数朵烟火升入夜空，将黑夜点亮。应该是电影结束了，花火会开始了。无数朵花火让黑夜变成白昼，是光的力量。小春依偎着阿婆，静静看着那动人的景色。如果我们爱的人是花火，既然留不下，就永远记住那瞬间的美。是这样吧？

这就是你的千叶呢，阿光。我也会全部记下来。

笛声鸣起，小春提着箱子进入车厢。

“你以后还来吗？”难得穿着整齐的小智依旧吸着鼻涕，可怜巴巴地望着小春。

“嗯。”小春看看阿婆，笑着点点头。

明年来，后年还来，每年都来。阿光，我想我明白了你爱这里的理由。因为这里，有我们爱的人。

他们不是恋人，自始至终，她只是他众多暗恋者中最普通的一个。

那份感情像阿光，花一样美好，火一样短暂。她放弃了好不容易找到的工作，不顾家人劝阻，毅然只身来到他长大的海滨小镇。“将来一起去吧”，为了完成这个不算约定的约定，为了……找到能有他气息的地方。只为了这片刻的靠近，不惜所有。

她的生命因他的离去而进入一个长长的黑暗的隧道，想念太美好，也太绝望。然而此刻小春终于明白，无论这条路多长，在另一头一定有一个明晃晃的晴天，樱花谢了还会再开，松软的海滩有潮湿的海风拂来，黑暗的夜空因光重回白昼。

他不经意的温柔是燃放在她心间的一小簇花火，随着他的离去，那一朵光亮却愈发美丽明亮，直到真正变成一颗星，挂在她的天空，永不坠落。

因为爱，短暂亦是永恒。

调皮的小智和慈祥的阿婆，宁静的千叶和香甜的糖水。

你不能再看到的、听到的、尝到的、感受到的……一切一切，由我来帮你完成。

由我来帮你完成吧。

阿光。

归　零

I also want to fall
In love
With you
For a lifetime

她总是躲在教室的角落。

小小的身影隐匿进暗淡的光线里。

不会说话不会笑，像一只满腹心事的木偶。

01

那是夏季的第一场暴雨。

乌云像面积庞大的废旧棉絮，一直延到天边，铅灰色愈发显得厚重，好像随时会承受不住重量砸下来。翻滚而来的惊雷混合着灼目的闪电，不一会儿便在玻璃窗上击起噼噼啪啪的声响，风吹来雨水，靠近窗台的几排座位很快被溅开的水滴漫延覆盖。地面积了很深的水，远远看去，像一条黑色的河流。

榎本抱着球站在室内体育馆外，雨水像夜晚的潮不断涌来，风裹挟着寒气，扑打而来时让人的皮肤为之一紧。校园里人已走光，路灯亮起的昏黄光线也在雨水里熨出一层薄薄的烟雾。从体育馆冲到教学楼下的距离，男生全身被淋得一塌糊涂，想到放学时拒绝了乔麦红伞下的甜美邀约，也活该自讨苦吃。

教室在五楼。

借着走廊上亮起的声控灯，男生懒散地靠在门口掏出钥匙开门，咔嚓咔嚓，尖锐的声音刺激着耳膜，推开门时手下不自觉地加了几分力度，绿色的门框撞击到白色墙面的瞬间又重重反弹回来。“哐当——”，在暮色浓重的夜晚里，像一段哀叹的回音。

没想过教室里还有人，所以看到角落里朦胧的身影时，榎本被狠狠吓了一跳。

“还……没回去啊？”片刻后他恢复了冷静。

女生保持着抱膝的姿势坐在地上一动不动，身子瑟缩成小小的一团，一只琉璃棕色的玻璃瓶滚落在她的脚边，周围散落着很多颜色鲜艳的药丸一样的东西。不知道她是不是哪里不舒服，于是主动靠近过去，蹲在女生面前：“生病了吗？”

没有回应。

是……他想正常打个招呼，但在看清女生的身影后，大脑里也未反馈出相关信息，她是和自己一个班的没错，可名字是？怎么也想不起来。

“没事吧？”又问了一遍。

连续询问下女生终于动了动，将脑袋从深陷的胳膊里抬出一些，然后榎本看到了刘海儿下那双空洞的、迷茫的、没有情绪和光亮的眼。

“被锁住了。”过了好久，寂静的空气里飘来她的声音，缓慢的、阴沉的，像夏日午后融化的某种物质，平静地在男生面前流散，女生的脸上渗着细密的汗，似乎很辛苦，但却始终没有任何情绪，“回不去了。”

走廊上的声控灯在那瞬间熄灭，门口泻入的那一束光很快消失，女生的脸在榎本眼里淡去，只剩下一圈削瘦的轮廓剪影。

——回不去了。

声音却还飘浮在教室里，萦绕徘徊在榎本耳边。

身体下意识地做出了后退的动作。

02

回到家时快8点，雨势已经小了，站在门前合伞，水滴顺着抬起的手臂滑落到胸前，沁出冰凉的一片，榎本一直到玄关处换鞋时还忍不住伸出左手揉胸口。

“今天好晚。”很少这么晚回来，难怪妈妈会问。

“我送同学回家了。”在对方迅速异常的表情里，榎本笑着解释，“是女生没错啦，因为她好像不太舒服……别瞎想啊。”

“要是好女孩儿要先带回来给我看看。”难得有个开明又幽默的妈妈。

“知道了。”男生给面子地答应。

放下手里的东西回房间。打完球赛又淋了雨，现在他只想好好泡个澡。拿着换洗的衣服去浴室时被叫住了。

“榎本，这不是我们家的伞吧？”正在收拾玄关处的妈妈注意到了蓝色格子伞。

“同学借的。”

“果然有问题啊，我说你……”

男生闪身进了浴室。

身体被水覆盖，温热的气流在皮肤里窜跃，借着水的浮力，全身放松下来。头上盖着叠好的毛巾，顺着浴缸边沿仰起头，闭上眼睛享受这片刻的惬意。那双灰色空洞的眼睛却赫然出现在脑海里。榎本一惊，头上的毛巾掉到地上，整个身体也突然滑下去呛到好几口水。冷静下来后泡澡的兴致也没有了，男生叹口气，从地上捡起毛巾站了起来。

第二天早上去学校时，在走廊上遇到她。

两人隔着转角的距离，榎本想趁机还伞给她，话到嘴边才发现没办法成形，脑袋里搜索着她名字的片刻，女生的身影已经消失在转角处了。

虽说分班是在高二，但好歹已过大半学期，在班上居然还有自己想不起名字的人存在，多少有点神奇。于是在鞋柜换室内鞋时榎本忍不住问了旁边的男生。用了“好像坐在最里面靠窗的角落”“个子不高、很瘦、齐刘海儿”……原本还想搜索更多的词汇以便形容，结果对方已经露出了然的表情。

“你说的是不会说话的花丸子吧？”

“不会说话的……花丸子？”

“因为她不说话，而且总是在吃各种颜色的药丸嘛。有一次有人不小心撞翻她的桌子，里面骨碌碌滚出来好多瓶瓶罐罐，听说储物柜里也有很多呢。”说到这里，对方神神秘秘地靠近过来，“听女生们说，花丸子带邪气哦，她吃的每一颗药丸里都禁锢着一个人的灵魂，如果被她缠上会交厄运的，对了，就像花子那样的，大家有时也直接叫她花子哟。”

“……”胡说什么呀，自己昨天还听到她的声音了。

“反正她那个人阴森森的，一看就很邪门，传说也不是没根据的。”对方一副迷信的传教士模样，过了一会儿才反应过来，“榎本不是对花子有兴趣了吧？！”

“……”

历史课上自由讨论时间，后座的乔麦用食指点点榎本的后背，男生转过身去。

“昨天淋雨了吗？”视线相遇，女生脸上涌现出一如既往的甜美笑容。

“还好，不过淋点雨对男生来说小菜一碟……”视线晃了晃，定格在最里排的那个位置，女生垂头看着书本，果然没有人跟她说话，甚至周围的桌椅都拉出比正常更多的距离。

注意到男生的视线，乔麦也循着回望一眼。

“不要看花子啦，和她视线相交会生病的。”乔麦伸手挡住男生的眼睛，“以前诊断考试时，隔壁班的女生因为没认出她，所以请她帮忙捡了掉在地上的橡皮擦，结果刚出学校就被车撞断了腿，整整打了半年石膏。”

“没这么恐怖吧。”榎本不以为意地笑笑，不过脑海里却浮现出昨晚泡澡时的景象，笑容淡去几分，要说诡异也不是没有……

“榎本。”稍微提高了音量的声音。

男生侧脸茫然地看着乔麦，才发现刚刚自己走了神。

“我是说，下次一起走好吗？”

“会让绯闻闹得更凶的，大小姐不担心吗？”榎本打趣。

“如果是榎本，完全没关系。”女生认真的表情一点没开玩笑。

过了片刻，男生又笑起来：“那是我的荣幸。”

03

跟同学玩玩闹闹过去一天，直到社团排练完从球场出来，远远看到正清扫班级公区的女生，才想起忘了还伞的事。虽说传言很恐怖，但在看到个子娇小的女生努力伸手也够不到花坪里面的塑料袋时，还是忍不住走了过去。

“怎么只有你一个人？”男生长手长脚，伸出手就把塑料袋拿了出来，因为是四个人一个清洁小组，所以随口问问。

女生只是默默掀开收容袋，垂着头没有答话。

这才反应过来大家都对她避之不及，说错话让榎本有些尴尬，尤其是对方没有应答，有些不知道该怎么收场，于是接下来就一直顺着花坪拾捡靠近围墙的垃圾，女生也始终垂着头保持掀开收容袋的动作，直到两人从花坪头移动到花坪尾。

干坏事乱扔垃圾的人真多。陪女生倒完垃圾回来的路上，榎本甩甩酸软的胳膊。

“没想到比打球还累，哈哈哈……”对方完全没在听似的，于是男生说到后面也只剩下尴尬的笑。突然就这样走在一起，本身就是件莫名其妙的事，但好像和她一沾上边，就没办法收场似的，只好硬着头皮继续下去。反正是要回教室还伞的，男生只好这样想。

上楼时发现女生虽然垂着头，但似乎在注意自己这边。榎本低头，才看到自己的鞋带散了。蹲下身来捆绑了好久，总算胡乱扎到一起，没走几步却又散成原来的样子了，榎本抓抓头——算了，不会系鞋带这种事男生就不要计较了。

在他和鞋带奋斗的时间，女生已经走到上一层楼去了。完全没有等他，好像两个人根本不是一起回来。等到榎本走进教室时，女生正弯腰将教室里的垃圾也整理进收容袋。

——花子，倒垃圾！

黑板上是给女生的留言。

有点过分了吧。

回想起前一天晚上，因为看她好像不太好的样子，本着同班的情谊提出送她回家，其实说那样的话是客套也没错，通常女生会害羞地拒绝，虽然不是出自真心，但榎本也会顺势说出“那路上小心”后转身离开。想象里是这样的，结果眼前的女生只是一动不动地坐在那里。过了好久，就在榎本考虑她是不是睡着了时，女生慢慢地从地上爬了起来，抱着桌上的书包走出了教室。反正下雨也没办法骑车，最后鬼使神差地真的跟在她身后了。

雨势正强，女生却完全没有加快步子的意思，榎本被淋得快睁不开眼睛，于是上前拉住她：“先避避雨再走吧……喂？你在听我说话吗？”

女生还是没反应，这让榎本有些无力。超高人气的男生也有没辙的时候，而且一直做好人也实在太累。自己身体都不爱惜的人，榎本也不想管她了。这时女生却有了动作。她依旧垂着头，不过手却在抱在胸前的书包里翻找着什么。

一会儿后，一柄蓝色格子的折叠伞出现在榎本面前。

那个稍微递出一点点的手势是——要给他？

“哎？”原来她有伞，榎本愣住。

女生保持着递伞的动作。

“更需要伞的是你，我不怕淋的。”

还是固执得一动不动。

“好吧，那我们一起……喂？”接过伞，话没说完，女生已经转身继续走路了。

不管怎么说，一个大男生总不能撑着伞却让小女生淋着雨回家吧。于是彻底变成了送她回家。

榎本望着女生瘦削的背影，好像随时会折断似的。再怎么说，眼前这个存在感很弱却有着恐怖传言的女生，只是一个人坐在角落里，默默做些被丢来的杂活。雷雨天会害怕，也会借伞给自己的普通女生，说到底，这世上哪有什么花子存在。

沉闷罢了。

头脑发热也好，爱心泛滥也好，男生拿起刷子将黑板上那些字擦掉了。

04

倒完垃圾回来时，男生已经走了。

墨绿色的黑板上干干净净，只有飘动的尘埃泡在白炽灯的光线里。

桌上放着折叠得很好的蓝色格子伞。

伞下压着一张纸，俊秀大气的字迹。

——谢谢。By 榎本

05

谢谢。

06

从那以后，比起乔麦那种人缘甚好的甜美大小姐，好像落单的人反倒更容易被榎本注意到。

女生真的不说话，连单音节的应答也没有，虽然没有要好的朋友，班上人同她讲话多半也是远距离的命令语气，“花子，你去×××”“花子，你把×××”，她从来不反驳，让她做的事全部默默去做。成绩好像一塌糊涂，也没有老师关心。

为了确认那晚自己不是幻听，榎本想要再听听她的声音，即使语调缓慢阴沉到让人怔然。可她总是躲在教室的角落，小小的身影隐匿进暗淡的光线里。不会说话不会笑，像一只满腹心事的木偶。

她就在那里，却没有人知道她在哪里。

她写作业用右手，拿东西却常常是左手。

几乎没见过她吃饭，她从抽屉里拿出和那晚一样的琉璃棕色瓶子拧开，将掌心里的一把彩色药丸塞进嘴里。榎本怀疑她吃的只是类似巧克力豆的东西，因为没有人能把药吃得那么坦然。

头发长得很快，齐刘海儿快要盖住眼睛，但她似乎完全没有剪的打算。也不懂得分寸，花坪内侧的垃圾明明够不到却一直伸长手，轮到做值日时，无论是五十四本作业本还是五十四本厚重的练习册，都一次性抱去办公室，有两次因为书堆太高阻挡了视线，害她从楼梯处摔倒滚落了好几级台阶，她也只是在大家的注视里慢慢爬起来，整理好书本重新走路，哪怕膝盖摔出血、胳膊脱臼也没喊出过声，只是疼得厉害时额上会渗出很多汗，皮肤绷紧，像那晚一样。

总是一个人，好像连手机也没有。对她发怒，做鬼脸，微笑，她全然无动于衷。

不用社团训练的周二和周四，榎本和一群男生骑车回家，偶然回头的瞬间，看到了行驶在附近车道上的公车内的女生。她像擦黑板最高处时一样伸长手臂拉着吊环，周围全是表情鲜活的学生，只有她始终垂着头，另一只手抱着怀里的书包，随着公车的晃动像一片即将凋零的树叶。

红灯。

绿灯。

榎本靠在单车上看着公车从眼前驶过，眼睛紧紧盯着车内的女生。似乎感觉到了，交叉的瞬间，女生抬眼看过来，被拉长的擦肩而过。一点没变，那双空洞的、迷茫的、没有情绪和光亮的眼。

在那样的眼神里，世界上的声音消失，很容易跌进“无”的状态，神经总会慢掉几拍。

等到公车过去，人行道的绿灯亮起，被同伴催促他才回神踩动了脚踏板。夏日温热的风吹过汗湿的脸颊，榎本抬眼望了望城市建筑以上的天空，蓝中泛着紫色的暮霭直到视线尽头，宁静又哀伤。

07

也是后来才知道的，所谓的“驱逐花子”计划。

独自留在教室不是偶然，只是有人说你乖乖坐在这里，然后她就真的一动不动，就算听到反锁门的声音也没有起身反抗。

让她做又累又脏的杂活，团结起来不跟她说话，直接叫她花子，黑板上的留言和一些无聊的恶作剧。只因为跟她接触过的一些人遭遇到麻烦，于是全部归咎于她，流言因此越来越可怕。

明明只是普通的女生。

实验课也没人和她一组，榎本望着女生孤单的身影，犹豫了很久终于决心过去。还未靠近，女生的周围却冒出烟来，一股焦香的味道传来。是头发，她的头发从后面烧起来了，连衣服也很快蔓延出火星。

所有人都吓愣住了。

她却好像感觉不到疼，甚至没有做出补救的措施，只是双手撑着实验台站在那里……没有生命力似的。

好在距离近，榎本手疾眼快地将擦过器具还未来得及倒的大半桶水泼了过去。

反复确认她没有问题，同样得不到答复，老师和校医示意过，同意榎本带她离开。出门前老师说我等会儿会打电话到你家里，近期希望你父母来学校一趟。是听到了的，但女生已经走出去了。

“你真的没事吧？”在走廊上时，榎本再次确认。

全身被污水泼得狼狈，灰色的污渍干涸成没有头绪的地图。头发被烧毁大半，明明是很重要的存在，就算去美发店剪得稍微不那么满意也会哭很久的，不都是女生吗？眼前这个人乱七八糟到简直是毁灭性的打击，她居然都没有看一下镜子。而且……因为头发被烧毁了很多，背部被烤出一些洞，没破的地方也已经焦黄，随时会碎似的。虽然视线不该看过去，但榎本还是注意到了，女生的后背被灼伤得不轻。

被锁起来坦然接受，被排斥坦然接受，被欺负坦然接受，从楼梯摔倒也坦然接受，甚至连差点死掉也坦然接受。

她故意的。

她在借着别人来折磨自己。

她……

榎本脑海里冒出可怕的念头。

——她一直都在寻死……吗？

“喂！”接触多了以后也大概知道，女生虽然木讷，但只要重复几遍，就会得到回应。

她的脸上全是汗，比以往任何时候都要多的汗，似乎正承受着巨大的痛苦。榎本也是抓住她的右手时才注意到，两只手的指甲断掉很多，指甲内甚至渗透着血。是撑着实验台造成的吗？

“笨蛋，明明很痛就哭出来啊！这样忍着算怎么回事，你真的是花子不是人类吗？”男生也不知道自己为什么要生气，明明是不爱惜自己的人，何必要为她担心。

“我不是花子。”出乎意料地，女生竟然说话了。

榎本惊讶地看着她。

“奶奶和小言才是。”女生喃喃，像是回忆很久很久以前的声音，“像花子一样，被烧死了。”

明明是属于蝉鸣和西瓜的夏日。

却在听到女生的话之后，像从地心渗出的入骨的寒意。

08

后来跟妈妈说起，那个感性的人还掉了好多眼泪，一直念叨“好可怜啊好可怜啊”，然后做了拿手的糯米糕让男生带到学校，知道女生现在是短发，还特意去买了好看的发卡相送。

“又没做错什么，为什么要把她赶出校园，‘驱逐花子计划’什么的，简直就是大浑蛋嘛！”

被烧毁头发的事件，因为没造成大的影响，查了一周也没人自首后，反正女生和女生家里没有追究，于是也就不了了之了。事件之后，暂时好像没有再出现被欺负的情况，女生却比之前更缺乏生命力了。于是榎本除了帮她拾捡够不着的垃圾外，还帮她抱书、买午饭，更换指尖的纱布，以及关心背后的伤情。

也不许大家再叫她花子。

让榎本欣慰的是，女生与他开口说话的次数增多了。

“你吃的是什么？”他也会好奇替代她食物的那些彩色药丸是什么，“药吗？”

女生摇摇头，然后仰头，将掌心里的一把全部吞咽下去。

额头又渗出细密的汗，渐渐也明白了，那是她正辛苦的征兆。

榎本将水递到她面前，被拒绝了。

“喝水就失效了。”她说。

不明白，但也不敢再勉强。

用不着细究也大概明白，她不单单是性格沉闷，而且有严重的自闭症。

为什么这样的她会在学校，为什么家里人会放任不管，还有……上次她说的话……

“那，我说……”每次提起勇气，却又作罢了。

如果是揭开伤口的关心，不过自我满足而已。

就这样无意识地又跌进只属于她的“无”的世界，等回过神来，好像已经没办法放任不管了。

尽管她在想什么，她在承受什么，他完全无从知晓。

课间，有人点点后背，男生自然地转过身去。

“晚上一起回家好吗？”乔麦看着他。

“最近不行哦，我答应老师要送人回家。”

“榎本……”女生咬着下唇，“你头脑好，性格阳光，也心地善良乐于助人，所以帮助被孤立落单的人我可以理解，我明白那只是你的怜悯和同情，可花子那样不珍惜自己生命的人真的值得被关心吗？你是不是做得太过了？”

“她不是花子。”男生说。

“你！”乔麦的脸涨得通红，平时碍于矜持不敢说的话索性全部说了出来，“我家境好、头脑好、长相好，也不滥情，从初中开始喜欢你到现在，你总是若即若离，却对那样一无是处的花子悉心以对，我不相信那是大家所说的你喜欢上她了。说到底，榎本，你泛滥的同情和怜悯也该收敛一些，又或者帮助弱者能满足你的英雄欲吗？我宁愿相信是后者，哪怕是不再完美的你，我也只会觉得是人之常情。那样的女生，在我看来，活着和死了已经没什么区别。”

教室门在这时被推开，正被说着的女生走了进来。她像没听到似的，只是向男生投来和往常一样淡淡的一瞥，然后低着头回了座位上，那个只属于她的角落。

“你够了。”榎本面色一沉，他是真的生气了。

乔麦气冲冲地来到女生桌前，一把推翻了女生的桌子，轰隆一声巨响，桌子上的课本和抽屉里那些传说中的药瓶全部摔落在地。比想象中更多的琉璃棕色的瓶子，有的因为被摔碎了，里面的彩色药丸撒得到处都是。无论是生气的乔麦还是榎本，抑或是那满地的瓶子和药丸，第一次见到这样声势浩大的场景，所有人都被吓了一跳。

“喂！你在干什么？！”榎本上前制止她。

一向教养良好的大小姐乔麦第一次公开发火出糗，更多的却是伤心。她瞪着被榎本挡在身后的女生，眼泪忍不住落下来。

“榎本你这个大笨蛋！”

好在下节是体育课，其他人都跟着追出了教室。在所有投来的不满目光里，榎本知道，大家眼里那个完美的他已经崩坏了。

——算了，经营完美形象本来就是很辛苦的事。

09

教室里静下来，只剩下他们两个人。

“乔麦就是那样的大小姐脾气，但没有恶意的，你不要在意。”男生把桌子重新搬回来摆正时，故意轻松地说。

女生默默地蹲在地上捡那些琉璃棕色的瓶子和撒落的药丸，榎本过去帮她。

“怎么这么多。”颗粒很小，很难捡起来，“只捡瓶子吧，药丸就算了，反正已经脏了……喂！你在干什么啊？！”

在榎本的视线里，只见女生将捡起来的比平时多了一倍的药丸一把塞进嘴里，和着地上的灰和纸屑全部塞进了嘴里，她的额上又渗出汗。如果真的是药，吃那么多会死的啊！榎本捏着她的脸，逼她吐出来。

“呕——”

在男生用力的挟持下，总算大半被吐出来。因为太过用力，女生的脸颊被捏出鲜红的指印，很辛苦，她的眼里噙着泪。

“不吃药就活不下去了。”死活不愿漱口的女生说。

“你到底什么病？非要吃那么多药不可？”

“不是药。”女生说，“是理由，惩罚我继续活下去的理由。”

榎本怔然，迷惘地看着她。

——到底发生了什么，让你需要靠着惩罚活下去。

想为你做点什么，不是出于同情和怜悯，只是从那个夜晚和你视线相遇的那一刻起，就滋生出的念头。不是同情，不是怜悯，也不是英雄欲和自我满足，只是在面对你快凋零的生命时，总会忍不住伸出手。

每朵花都有盛开的理由，不要在发芽时就选择枯萎。

不知道何时坚定下来的念头，等到发觉时已经想要留在你身边了。

所以，不要再悲伤了好吗？

“绿遥。”她突然这样说。

“嗯？”

“不是花子，也不是不说话的花丸子，是绿遥。”女生的嘴角扬起，无论如何，形成一个笑的表情，“绿色的绿，遥远的遥。请你，记住我的名字。”

10

那，我被时光留在十三岁的夏天。

留在那些燃烧的炽热的红光里。

绝望的眼神覆盖我的眼。

黑色的烟雾堵住我的口。

我已经死在那里了啊。

无论怎么呼唤，怎么呼唤。

——被锁住了。

——回不来了。

无论身体还是心，都已经到达极限了。

我亲爱的人啊，我已经不会再流泪了，也不会再欢笑了。

没有药能治愈我。

没有药能杀死我。

那些令人呕吐的味道穿梭在我的体内，是惩罚我继续活下去的理由。

已经腐烂的一切谁也没办法治愈。

请你记住我的名字，记住我的脸，我永远不会再改变了。

——我累了。该说再见了。

11

三个月后。

榎本和乔麦在老师的带领下去看望绿遥。

“我还是不进去了。”在门口，乔麦咬着唇退缩。

“没事的。”老师安慰她。

第一次见到绿遥的父亲，不过是三十多岁的中年男人，头发却已白了大半，黑瘦的脸颊完全凹进去，耸出的骨头好像随时会戳穿那层薄薄的皮肤裸露出来。家里很乱，他弯身整理了一番，才总算腾出地方招呼大家坐下来。尽管老师一直说不用麻烦不用麻烦，男人还是泡了简单的茶水出来。

然后才知道的，关于她的事。

绿遥出生时父母刚在这个城市稳住脚跟，是第一个孩子，所以不管怎么辛苦，都对她疼爱有加，两年后弟弟小言出生，无力照顾两个孩子，于是绿遥被送到小镇的奶奶家寄宿，从此缺少父母疼爱地长大。绿遥的母亲偏爱弟弟，加上工作繁忙，所以一再拖延接她回来的时间，已经十三岁的绿遥以为自己被父母抛弃，加上在落后闭塞的小镇上常常被欺负，性格愈发内向，常常独自坐在老旧的楼梯口望着窗外的天空发呆。

到了夏天，放暑假的小言回奶奶家玩，被母亲惯坏的男孩不光欺负姐姐，连奶奶也不尊重，小镇到了晚上治安不好，但被制止出去玩的小言因此大发脾气，还扔盘子砸破了奶奶的额头，绿遥很生气，拿出姐姐的架子将门从里面反锁以示绝对不让他出去的决心，两姐弟争夺钥匙时，钥匙被甩出了窗外。想等到第二天请邻居帮忙捡回来，结果当天晚上那栋老旧的建筑因为老化的电线短路失火，火势很快蔓延开，小镇人力有限，直到一个小时后火势才被控制，大家都跑了出去，只有四楼的奶奶家被困住。

奶奶和小言都死了，只有绿遥侥幸活了下来。本来就是性格内向的女生，又目睹了亲人被烧死的场景，所以被父母接回家后就不再说话，带去做了很多检查，没有任何问题，医生说因为受到刺激造成了语言障碍，是严重的自闭症，需要慢慢调理恢复。

绿遥自杀过几次，被救回来后开始大把大把地吃最苦最臭的药丸，如果不让她大把大把吃药，她就会抓狂，于是医生只好配合减少了用量，增加了药的数量。压力更大的是绿遥的妈妈，同时失去母亲和儿子，活下来的女儿却又变成这副模样，女人承受不住，半年后彻底精神崩溃去了精神病院。绿遥将罪责全担在自己身上，医生说不能让她一直独自留在家里，不愿意把女儿也送进医院的父亲选择了学校，原本以为最近有了好转，谁知道三个月前再次割腕……

听到这里，乔麦控制不住扑在老师怀里大哭起来。

“是我的错啊，一直跟着大家叫她花子，一定是因为我说了活着和死了没区别那样的话……”

“是她忍耐到极限了吧，那孩子固执，又钻牛角尖，怪不得别人。”男人的眼神暗淡到快要熄灭了，不过也说着安慰的话。

“不怪乔麦。”老师拍着她的头，“何况现在的情况对绿遥来说，反倒也算好事……不是吗？没事的……”说到最后，多少底气不足。

“她还好吗？”一直没说话的榎本望着绿遥的父亲。

“已经稳定很多了。”男人望了望楼上，恢复了些生气，“医生说顺利的话半年后就会好起来。”

“我可以去看看她吗？”

“嗯，她一直念着榎本这个名字。”

敲了敲门，然后推开走了进去。

好久不见，女生的头发长长了一些，脸上也比以前有了血色。身体却愈发消瘦下来，她穿着白色的连衣裙站在柜子前，似乎正在苦恼什么。

“你知道我这些药吗？”女生嘟囔着，晃了晃手里的棕色瓶子，“可我忘记该吃多少了。”

声音和以前一样缓慢，却明快了很多。

是的，忘记了。

——忘记了药该吃的分量。

——忘记了你生命里发生过的残忍真相。

——忘记了过去。

——也忘记了我。

只剩下你手腕上还未结痂的伤口，不过没关系，等时间过去，它也会好的。

没有时间治愈不了的伤口，都会好的。

“你是？”看清男生的脸后，女生后退一步，不过又疑惑着靠近，“有些面熟，我们见过吗？”

12

我是——

想在你被锁住时为你打开门，想在大雨时为你撑起伞，想把你从人潮涌动的公车里拉出来，用单车载你回家，傍晚的云朵是蓝色偏紫，城市的建筑也很有看点，街上过往的人群和飘出香味的食物，都想带你尝一尝看一看。

不管我们是一开始的陌生人，还是能简短交谈的朋友，又或者是现在我记得你你却不记得我的暧昧不明，什么关系都不要紧，我只想陪在你身边，默默地为你撑开伞。

不管过去你看见了什么遭遇了什么，请通通忘记吧。如果可以，我甚至想要穿越过去的那片丛林，去到最悲伤的你的身边，蒙住你的双眼，亲吻你表情慌乱的脸颊。

那些曾支撑你活下去的药，忘记了吧。

那些需要惩罚才能活下去的理由，也忘记了吧。

如果你觉得冷，我会握紧你的手。

如果你感到疼，我会捂住你的伤口。

如果你想要哭，我会轻轻擦干你的眼泪。

如果你寂寞了，不管我在哪里，都会飞来你身边。

所以不要再独自承受，不要再悄悄哭泣，你的伤痛，都由我来承担。

“绿遥已经不需要吃药了哦……”

——它们不是惩罚你活下去的理由，只是延长你死亡的毒。

“你很快就会好起来了……”

——遗忘才是你需要的药。

“就这样好起来就可以了。”

——恨没有用，爱却可以治愈一切。

“我是榎本。”

——一切归零，让我们重新开始。

13

“不用吃太好了，放在房间里全是难闻的味道。”

绿遥推开窗，伸出的纤细手臂在日光下白皙得透明，琉璃棕的小瓶子像她手心里的一座孤岛。她站在那里，下一刻回过头来，脸上是解脱后的释然微笑。

笑意在光里模糊了边缘，风吹来时扬起的发丝遮住了剩下的表情。

她微微翻转手心，那只棕色的瓶子就在窗口消失了。

过云雨

I also want to fall
In love
With you
For a lifetime

雨随云至，云过雨停。

天晴。

彩虹出。

01

朦胧的雾气里光圈扩散成无数环，景物在视野里模糊地摇曳成一团。

裸露的皮肤凉意弥漫。

女生不由自主地将左手搭在右手臂上维持暖意时，听到旁边传来声音：“下雨了啊。”

轻柔渗透入每一个音节，像沉睡时的呼吸。

下一秒，余光里有人和自己并肩站到一起。

02

东京10月，新闻里播报近期有台风过境，学校的公告栏张贴出放假通知。

裴夜抱着课本穿过操场去往教室时，教学楼上方的天空蓝得发虚，白色的云朵流动绵延，像被吹散的棉花糖。视线所及之处，一切平静得毫无征兆。

异国他乡，改变留学生午休必备话题“周末去哪里玩”的是“隔壁经济学部有个中国交换生失踪了”。上周只排了三天课，加上其中有一天撞上祝日假期，到学校的时间只剩下两天，所以一周后学校才发觉有人不见了。

大家叽叽喳喳地发表看法。

“还没回来吗？肯定是跑去哪里玩了啦”，很快就被反驳“连最重要的一场发表会都没来，哪有人这时候去旅游”，紧接着有人补充“室友说他一直没回寝室呢”“说不定被绑架了”“绑架中国人很麻烦哎，至少索要赎金必须跟他家人讲中文”“难道被变态杀了”“咦，你别吓我”……

裴夜日语不好，是听得懂但回应慢的类型，虽然同班二十多个学生里有四五个中国人，但基本都讲日语。女生径直回到座位坐下，没有参与到讨论中。

“名字是什么来着，コ（顾的日语假名）、コ……”坐在裴夜前面的女生拍了拍头叫起来，“顾星原！啊，说起来和我们班的……”

声音到此戛然而止。

正埋头清理着书包的裴夜停下动作，抬眼时看到和自己一样是交换生的林伽瑜推门进来，女生脸色很差。裴夜重新回到自己的事情上时，那个叫吉泽的日本女生正在问林伽瑜“和林是朋友对吗？……怎么样了呢？我们都很担心哦”。裴夜听到林伽瑜疲惫的声音回答：“他手机一直关机，line上也不在。学校正和家里人联系中。”

离上课还有十分钟，裴夜将耳塞的音量调到最大，卷起袖子露出的一节手臂触碰到桌面，凉意传来。白色窗台外，枝头悬了好几日的一枚树叶在微风里轻轻摆动，哪一天才会落下来啊，裴夜想着这种无聊问题，以至于有人叫她几次都未有察觉。直到左边耳塞被一把拉出来。

“你没听到我在叫你吗？”等待自己的是林伽瑜生气的脸。

“对不起。”

“这种时候你还有心情听歌。”林伽瑜盯着裴夜，将耳线扔回来，脸色愈发阴沉，似有不甘又无可奈何地问道，“他有没有跟你联系过？”

她问的是顾星原。

裴夜顿了顿，摇头。

凭着优越的外形和流利的日语，再加上高中就去美国做交换生，所以英语也非常精通的林伽瑜，背总是挺得很直，无论在哪个国家都是学校里闪闪发光的那一类。而裴夜来自工薪家庭，每天都要去打工才能维持生活，托福低分通过，日语笔试还可以，口语至今磕磕绊绊。

但在异国求学，同一个国家的人总会亲切，又恰好来自同一个城市，况且现在在同一所大学的同一个班，凭着这些维系，在某种环境下已然算奇迹。两个女生有过关系要好的时期，后来因为种种原因转淡。

尽管在失踪事件中，闪闪发光的林伽瑜是被关心的重点。

事实上，裴夜也认识顾星原。

03

裴夜看着镜子里的自己，依旧稚气未脱的一张老老实实的书呆子脸。

活泼好动是小时候的事。工薪家庭，倒也被送去学过小提琴芭蕾之类，却毫无天赋。于是家庭聚会时被叨念最多的就剩下好好学习好好学习，学成了个笨蛋。优缺点都不明显，平平安安地一晃长到二十岁。或许对这样三十六度温水的人生感到恐惧，所以学校里有交换生项目时，裴夜报了名，大二时来到日本。

Q大的学校宿舍两人一间，上下铺。

室友夏乔比裴夜小两岁，外表好看性格傲娇的大小姐，不同班，但和林伽瑜是好朋友。夏乔不喜欢裴夜，原因是裴夜到宿舍那天穿的裙子，夏乔有条一模一样的。夏乔讨厌和穷酸的人拥有相同的东西，会觉得自己掉价。很可笑的理由，不过大小姐夏乔有自己的理论。

后来林伽瑜和裴夜关系恶化，也是托了夏乔添油加醋传话的福。

到东京后的第二天，裴夜就被夏乔骂了一通。

因为签证补交材料，裴夜到东京时已经开课两周。宿管处钥匙不足，裴夜答应自己去配。在没有钥匙之前，两人上课时间不同，便约晚上六点在吉野家门前等。东京的夜晚来得很快，下午五点一过，夜幕降临。

在吉野家门前站了三个小时，夏乔还没回来。手机没电的裴夜站着无聊，东京昼夜温差大，风吹来时很冷，便回了宿舍的大厅做作业。结果被夏乔以“你这人怎么这么差劲，没等到我就一个人先回来”为由狠狠发了脾气，裴夜想反驳“等了三个小时没见到你”，但最后什么也没说。

夏乔躺在床上打电话说“我那个室友又穷酸又脑子笨”时，裴夜愣了下，第一次遇到当面说人坏话的情况，不习惯，所以换了鞋出门。

那天晚上，裴夜第一次遇见顾星原。

裴夜找配钥匙的地方时迷了路，看到前面有人，就跟上去。

“すみません。鍵……鍵……どこですか（打扰了，请问钥匙在哪里呢）。”

对方不明所以地看她一眼，继续走路。

“鍵が無くなりました。新しい鍵がほしい……（我钥匙丢了，想要新的……）”觉察自己意思没表达清楚，裴夜紧张地补充，但日语太烂，说到一半不知道怎么继续。

“合鍵を作る所はどこですか（请问配钥匙的地方在哪里）。”停下脚步的男生看着裴夜，冷冰冰地纠正她的错误。

问一个陌生人的钥匙在哪里，和配钥匙的店在哪里，区别差太多。

裴夜尴尬地慢掉一拍。刚挨了夏乔的训，眼下又迷路到崩溃时被这样指出来很郁闷。“你管我”，不由自主嘟囔一句。

“你都是这样求人的吗？”标准的普通话。

裴夜瞪大眼睛：“中、中国人？”

男生一双桃花眼斜过来：“不行？”

裴夜马上窘迫地塞过去一个理由：“你日语太标准了。”

看到女生满脸通红，对方突然狡黠地笑起来。得逞后的表情也恢复温柔。变脸太迅速，裴夜不知道接下来怎么应对。

“对不起……”所以想逃跑。

没想到她脸皮这么薄，男生无奈地说：“从这条街一直往前走两百米，在信号灯的地方右拐直走一百米……十字路口处左拐，斜插一条通行路进去……卖场的负一楼有配钥匙的店。”

“能再说一次吗？”裴夜急急忙忙从包里翻找纸笔记录。

在她手忙脚乱在纸上画线路图时，听到男生低缓到没多少情绪的声音说“照着这个走你会把自己搞丢掉”。裴夜抬眼看到站在面前的男生逆着路灯的光线，黑色额发下视线看过来，是因为自己茫然的表情吗？他脸上的表情分明带着浅浅的笑意。

“我带你去吧。”

一路上没有说话，两人始终保持着一步的距离。那天晚上走了多久，转了多少个路口，过了多少个红绿灯，裴夜已经模糊。甚至没有问从哪里来、来做什么，也并未想过以后会有交集。

04

晚饭后，裴夜穿着拖鞋到宿舍外的自动贩卖机买喝的，投进硬币后灯亮起来。常常买的ほわいとそうだ（一种酸奶汽水）贴上了只售100日元的优惠条，裴夜开了易拉罐靠在贩卖机前喝。电线交错切割，森森的彤云和铅色天空。

“是积雨云，台风外围有螺旋雨带，其中间隙里有层状云，在夜里看起来都是红红的。”

上次台风天时，两个人从便利店打完工骑车回来的路上，顾星原是这样对裴夜解释的。生长在内陆又地理没及过格的女生自然不懂，依旧点了点头。头上传来力度时，裴夜吓了一跳，自行车也受影响稍微倾斜，恢复平衡后瞪着已经收回手坏笑的男生。

忘记什么时候纵容出的坏习惯，裴夜不懂装懂时，他总会伸手拍拍她的头。

顾星原有着一双桃花眼，声音里没什么情绪，低低的清清淡淡。不说话时有些冷，笑起来又有点坏坏的样子，有个比较恶意的爱好是吓唬裴夜。

“裴夜像只容易受惊的兔子，很好玩。”他总是这样说。

很好玩的，还有很多事。

因为来自同一个城市而亲密时，林伽瑜曾拉着裴夜去一家韩国甜品店，羞涩地对裴夜说她喜欢里面的一个韩国店员。

“所以你为了看他，每天跑去吃甜品？”

“因为吃完后他说的‘ありがとう ございます’（谢谢）是世界上最好听的话。”优秀如林伽瑜，喜欢一个人时也会不自信，“对方太耀眼了，夏乔一定不会帮我，而且带她去我也不放心，所以只能靠你了，一会儿我去点餐时你帮我偷拍我们站在一起的照片。”

“你这么优秀又是大美女，就算对方是韩国人，但会讲日语，只要你去问电话就是love forever的童话，需要这样小心翼翼吗？”

“电话——”林伽瑜咬了咬唇，“裴夜，我的幸福就交给你了。”

和林伽瑜认真的视线相对时，裴夜就知道自己挖坑跳了。

“白衬衣，个子最高，黑色头发那个。”

排队的女生很多，裴夜回头看了看坐在远处的林伽瑜，女生双手合十满怀期待地笑着。裴夜狠下心。

“어서 오세요（欢迎光临）。”男生说了句韩语，接着问裴夜点什么。

“呃，那个……”裴夜满脸通红，双手不知道往哪里放，鼓足勇气抬起头，“我朋友她……哎？……你？！哎？”

面对裴夜瞪大眼睛冒出的中文，男生假装听不懂地微笑着用日语问：“客人，请问您需要点什么呢？”

端着食物回到座位时，裴夜不知道该怎么跟林伽瑜解释。店里坐得满满的，与其说是甜品，不如说女客人们的目标是店里三个好看的男店员。

是个大骗子啊。

“果然不行呢。”林伽瑜用小叉戳中糕点上的草莓。

“其实他……”

“您的可尔必斯。”有人将杯子放到面前，视线相对时，男生靠近过来小声说，“别砸场哦。”

笑着威胁人。

“你听到了吧，那个是中国人。”等到男生走开，裴夜对林伽瑜一副“就是这样”的表情，“居然冒充韩国人在韩国店里打工，太奇怪了。”

“你们认识吗？”林伽瑜看过来。

陪林伽瑜去商场买完衣服，搭电车回来已经晚上十一点，进入住民区以后，转了四个路口后，裴夜终于发现自己被跟踪了。

夜晚的风很冷，第一次在异国遇到这种事，裴夜浑身发冷毛骨悚然，当对方跟上来拍了拍她肩膀时，女生闭着眼睛使出浑身力气将书包冲对方的脑袋砸去。

“你搞什么啊。”对方吃痛，懊恼地说了一句。

听到熟悉的声音，裴夜惊魂未定地看过去，是他。但女生当时第一反应不是搞错了，而是："原来你不仅是骗子，还是变态！"

"哈？"捂住额头的男生石化掉。

终究是帮助自己的人，误会很快在男生解释"我也是Q大的学生，我也住在这边的宿舍"而消除。男生"谁要跟踪你这种无胸无脑的女生"的抱怨让裴夜又羞又恼。

"我叫裴夜，你叫什么？"女生需要转移话题。

"李敏镐。"

停顿了那么久才说出来，裴夜看着他："刚想到的名字？"

"算是吧。"男生无奈地说，"你们女生不都有喜欢的偶像吗？奇怪的是你居然不知道，幽默感白费了。"

在宿舍别馆前分开，裴夜认真地说："我喜欢的偶像是相叶雅纪。"

结果连对不起也忘记说。

还有，一路陪胆小的我回来。

谢谢你。

05

顾星原的生活是谜。

明明穿的都是名牌，会几国语言，举手投足间都透露出是有钱人家的小孩，却拼了命打工，什么苦活累活都做。甜品店、送货员、烤肉店、居酒屋，还有和裴夜一起打工的Family Mart……

"为什么装成韩国人在韩国店打工？"

"有意思嘛。"

"为什么要装成跟踪狂吓唬我？"

"……很好玩嘛。"

"为什么打那么多工？"

"……无聊嘛。"

包括"裴夜像只容易受惊的兔子，很好玩"。

有意思，很好玩，无聊，很好玩。

总说着这种话的人的生活，是怎么样的呢？

容易快乐的、有情趣的、乐观开朗的，还是轻浮的、无聊的、空虚寂寞的呢？顾星原是哪一种，以前裴夜从未想过。

他看起来总是漫不经心，目光清冷，毒舌腹黑不与人走近，连名字也是后来听林伽瑜去彻底打听后得知的。但他又常常露出温软的笑容，不动声色做很多让人心头一暖的事。

一罐饮料喝到底，裴夜也受凉地打了个喷嚏。

掏出手机给顾星原发了条短信说他爱喝的汽水在打折，再不回来就错过了。

两个小箭头旋转了好一会儿，提示发送失败。

邮件发送失败的列表一周以来已经排了很长很长，在这个瞬间，裴夜才感觉到顾星原真的失踪了。

他去了哪里？还回来吗？

手机屏幕的光暗下去的瞬间，脑海里突然浮现出男生受伤的眼睛。那是两人都没有课，也没有安排打工的周末，买了酸奶汽水到附近的运动场晒太阳。其间顾星原接了一个电话，压低声音走出很远，裴夜坐在看台上望着他的背影，高高瘦瘦，地上的影子拉了很长很长。风吹来，黑色柔软的头发上落着碎裂的阳光，白衬衣鼓鼓的。

回来后的顾星原明显没了精神，躺在看台上用右手臂遮住眼。

谁的电话，说了什么不好的事吗。裴夜好奇，却没有问。风静静吹来，易拉罐盖子上的汽水冒着一个又一个小泡泡。

“天晴时，我却想到雨天。”顾星原突然说。

“哎？”

“像不像诗人，我？”男生嘴角动了动，依旧躺在那里，懒洋洋地说。

“哎？”

“我是说……”顾星原拿开手臂，自下而上看着裴夜，和以往不同的清凉目光，然后突然靠近而来，将女生拉进了怀抱。那一瞬间，裴夜觉得自己心跳停止了。

“好冷。”耳畔传来男生的声音。

紧紧抱住。

“顾星原。”隔了好久，裴夜才微弱地试探着问，“你怎么了？”

——顾星原，你怎么了？

黑暗里，裴夜脸色苍白。也终于想起来了，顾星原离开时其实是告诉过她的。

那天晚上一起打完工回来去锁自行车时，他突然说：“我们班的女生回家太晚遇到暴露狂。日本的变态真的蛮多的，一个人很危险，我跟经理说下周不要给你排晚班了。”

“反正你在嘛，我才不怕。”裴夜拍拍手站起来，“明天见啦。”

转身走向宿舍大门的自己，不会看到三分之二的身体融入暗影的顾星原，他是以怎样的目光注视着自己。连告别的机会都没留下，就大大咧咧说着“明天见”轻松转身。

当时的自己怎么就没有任何察觉呢？

06

早上第二节课，林伽瑜被叫去调查。

因为清点男生宿舍时发现了遗忘的手机，所以很快裴夜也被叫了出去。裴夜没想过自己第一次去校长室是因为这种事。

“顾星原同学有和你联系过吗？”上了年纪的校长很慈祥。

和之前一样，裴夜摇了摇头。

女生盯着放在桌面上的手机，竟然稍微松了口气。

原来没有收到信息是因为关机，原来没有回复是忘记带走手机。所以顾星原，是安全的吧。

“那我们联系警方和大使馆吧。”政教主任建议。

“虽然没跟顾星原同学本人和家里人联系到，但无法确定他现在是否平安，所以只能如此了。”校长考虑后这样说。

“这样会对他的签证有影响吧？”林伽瑜有些着急。

“嗯，说不定会被遣送回国。”政教主任点点头。

听到这些的裴夜终于感觉事态恶化了，一时情急，就脱口而出阻挠：“等、等一下……”在大家疑问的目光里，裴夜脑子飞速运转，觉得全身都在燃烧般地发烫。

“其实……”

不管了，裴夜把心一横。

从校长室出来后，裴夜只觉脑子涨得很痛，眼前的事物晕晕眩眩的，有些头重脚轻，手心里全是汗。最后好歹让学校打消了报警的念头，但大石头并未落下去。

“你刚才说的都是真的？星原他离开前，真的跟你说过？”走廊上，林伽瑜转过身来盯着裴夜。

“是有说过……”

裴夜还未说完就挨了一巴掌。

“你怎么这么贱？把我们的担心都当成什么了？”林伽瑜眼里全是愤怒，还有不甘和嫉妒，当然不是嫉妒裴夜，“之前背着我和星原走近，要不是夏乔说你们天天一起回来，我还蒙在鼓里，指望着你去给我打探消息。你还真是我的好朋友。”

“我……”

“但没想到人家那么重视女朋友吧，活该被甩得彻底。但你也太恶毒了，差点害死星原。”林伽瑜转身回教室前恨恨地说，“以后别再跟我说一句话，真让人感到羞耻。”

女生的背依旧挺得很直，微卷的长发垂在腰间，随着步伐轻轻晃动，在十月末的清冷气流里多少显得有些寂寞。她是真的喜欢顾星原，裴夜望着林伽瑜的背影想。

“顾星原同学回国了，因为女朋友生了很严重的病，所以匆忙赶回去……星原的家里人没主动联系学校是因为顾星原同学的父母不喜欢他的女朋友，所以星原同学悄悄回去的。跟学校有请假的，他写了假条让我交给教授，但我喜欢星原同学，他回国看女朋友我很嫉妒，就撕毁了他的假条……对不起，我没想到会搞得这么严重，是我错了……”

裴夜想出的这一堆理由并不是全部都在撒谎。

顾星原在离开前确实跟自己说了的，至少“一个人很危险，我跟经理说下周不要给你排晚班了”这句话是告诉裴夜，下周她将一个人度过。

而顾星原有女朋友的话，也是他自己说过的。

便利店新进回来的日式点心因为是某部电影的合作商品，为了造势和促销，搞了买一盒赠送主演明星三张写真的活动。将散乱的货物整理好过来时，裴夜看到男生蹲在货架前。

“为了写真，你也想买啊？”

裴夜原本只是打趣，男生却承认了：“有点呢。”

“啊？你喜欢松本润？”

“如果是我，也该为了上野树里买好吧。”

“那是……”

“一个朋友，她还想来看ARASHI（日本偶像天团）的演唱会，可是不光来回机票什么的花销，办旅游签证也需要五万的保证金，而且演唱会票价死贵。”

“女生？”

“嗯。”

“喜欢的人吗？”为了让她来日本，所以一直努力工作到现在？裴夜的心动了动，咬着嘴唇。

“被你发现了。”顾星原笑着回过头，是蹲着的姿势，男生侧仰着头看向女生，一脸纯净得让裴夜受伤的表情，“很傻吧……其实她不是为了来看演唱会，是想来看我。只是想念我，却嘴硬不说……”

莫名其妙变得熟络以后，裴夜曾充当过牵红线的角色。

“谁？”当时顾星原站在吧台内调着果汁。

“林伽瑜，常常坐在那个位置看你的大美女，人家气场那么强大的存在，你别装了啊。”

“嗯……”男生垂着头想了一会儿，“不记得了。”

不是不记得，而是不想去在意。能让顾星原不在意林伽瑜那么优秀的女生的原因，应该是有一个比林伽瑜更闪闪发光的喜欢的人了吧。顾星原说起那个“她”时，像被阳光包围，和和煦煦地暖着。

那时候裴夜明白，都会失败的，无论林伽瑜还是其他喜欢顾星原的女生……包括裴夜自己。

并没有全部撒谎，可是顾星原去了哪里，裴夜真的不知道。

她希望他是安全的，早日回来，不要惊扰太多，不要被遣送回国，却又害怕她撒的谎会害了他。顾星原，你要平平安安回来，不许出任何事。

顾星原失踪后的第九天。

自动贩卖机的活动快要截止，顾星原最爱喝的汽水降了价，可是活动结束前他没能喝到。

“比平时便宜了四十日元，顾星原大笨蛋一定会后悔的。”穿着拖鞋站在贩卖机前又喝完一罐汽水时，裴夜这样想。

汽水在胃里咕噜噜地冒着泡，眼睛酸涩得厉害，裴夜撇了撇嘴，仰起脸望着天空。

不能哭。这是顾星原失踪后，裴夜对自己唯一的要求。

07

店长打电话通知女生去领薪水，递过来的却是两个白色信封。

“顾的那一份，拜托小裴拿给他哦。最近他没来，我们店里生意冷清了不少呢。”店长看着裴夜好意地说，“让他快点回来工作哦，不然损失的营业额在他下个月的工资里扣。”

女生笑着鞠了一躬，从店里走出来。

天气阴沉，出门时忘记带伞和围巾。裴夜缩着脖子往回赶。

如果顾星原不回来，裴夜想起书包里的白色信封，不如拿去吃寿喜烧或者烤肉吧……嗯，他的工资蛮多的，去居酒屋喝酒也可以。如果他回来，裴夜想，应该跟他说什么呢？

之前暑假顾星原回国待了两个月，其间两人联系很少，只在line上看到他偶尔发些状态，新学期开学后见面，意外地就有了隔阂，是以前距离太近的缘故吗，所以没有光环，能自然相处。当穿着清爽的男生剪短了头发重新出现在自己面前，心跳就乱了节奏。裴夜花了好长时间才恢复。

“顾星原大浑蛋，再不出现我又不知道该怎么面对了。”眼前浮现出男生的脸，裴夜不禁叹了口气。

但这一次，眼前的幻象并未消失，而且开口问她：“裴夜你也太薄情了吧，亏我还惦念着你。”

“什么呀，你……”裴夜脑子里“嗡”了一下，舌头打结慢掉一拍，揉了揉眼睛，终于确定了，这次出现在眼前的并不是幻觉。

在宿舍楼下正对着自己笑的人，是顾星原。

就像他悄无声息地离开一样，他终于悄无声息地回来了。

裴夜呆呆地杵在原地，瞪大眼睛，双瞳里水波流转，可怜巴巴的样子像找回主人的小猫。没想到她如此大反应，顾星原和往常一样伸手揉乱她的头发。

掌心的温度透过发间，短暂的触点迅速扩大强化，在胸腔里燃烧出小片灼热。他手指的触觉，轻柔的力度，好像春日里涌来的气流，从皮肤渗透到身体的每一处……还有他的眼睛，他的笑容，他看人时游离的表情，原来都记得这样深刻。

裴夜颤抖着，委屈地用手捂住嘴。

他去了哪里，做了什么，知不知道大家都在担心……想说的想问的那么多那么多，都在这一瞬间哑了声失了语，内心深处的情感像暗室里胶片上的画面，洗影现形。

“顾星原……”裴夜拖着哭腔上前，想要拥抱他的动作在下一秒定格。

顾星原的身后，站着一个瓷娃娃样的女生，正用怯怯的目光看着自己。

男生转身牵过她的手，声音温柔得沁了水：“小瞳，来。”

都说青梅竹马是传奇。

顾星原和纪瞳站在一起时，瘦弱女孩面前，男生英气更烈，一米八和一米五八也是当下流行的身高差。第一天去了东京塔，然后花了两天去了箱根泡温泉，回来后又去了天空树，纪瞳胆小，一直抓着顾星原的衣角，裴夜握紧手心不让恐高的自己颤抖，出来后女生终于脸色苍白地呕。

“小裴没事吧？”纪瞳担心地递过水来。

“没事。”顾星原转过头，皱着眉头轻轻拍女生的背，比刚才的声音提高了好几分贝，“笨蛋，恐高怎么不早说。”

我都这样了凶什么凶，明明对女朋友那么温柔。裴夜才刚委屈地这样想，胃里新一波翻腾又涌了上来。

傍晚顾星原在新宿的甜品店打工，做了一天电灯泡的裴夜的作用终于凸显。“小瞳身体不太好，我下班前你照顾好她哟！拜托啦。”趁纪瞳去洗手间的时候，顾星原这样说，“改天请你吃大餐。”

“重色轻友……我会吃很多的。”裴夜恨恨地说。

“喂饱你为止好了吧。”然后伸出手习惯性揉揉女生的头。

裴夜正用双手把被男生揉乱的头发理顺时，纪瞳回来了。

“你们关系真好。”女生的声音软软的弱弱的，听顾星原说她身体不太好，是让人想要去保护的类型。

“他常常欺负我，只有对小瞳才那么温柔，重色轻友的浑蛋……小瞳下次要帮我教训他。”裴夜甩甩头，终于将头发勉强理顺。

“其实阿原很温柔的。”

“嗯嗯。”果然是女朋友啊，裴夜想，所以也不打算再讲男生坏话。

收银处排起了长长的队，清一色的女生，因为一周没出现的缘故，大家似乎正在问顾星原跑去了哪里。

“阿原真是一点都没变呢，无论在哪里都那么受欢迎。”

纪瞳将视线收回来时和裴夜的目光相遇，腼腆地笑了笑：“从小学开始一直这样，但我在人际方面完全不行，父母离异后性格阴郁得更加厉害，不知道该如何同人相处，有段时间只能关在屋子里，没办法见任何人。为了我，阿原跟人打了很多次架，甚至高考后被父母送来日本……如果不是有这样的我在身边，阿原会更耀眼吧。”

纪瞳琉璃色的双瞳垂下去，明明脸上挂着笑容，裴夜却分明感受到了孤单。不知道哪来的勇气，上前抓住了女生的手。

“那证明他喜欢你喜欢得不得了，而被耀眼的人喜欢着的你，一定、一定有更加闪耀的地方。”

“他只是担心我。”纪瞳继续微笑着，从裴夜的手心里收回右手，挽起袖子，白皙的手腕处，青色脉络流经，两条丑陋的伤疤像条小虫子躺在那里，“怕我一个人悄悄死掉。”

裴夜愣在那里，寒意传遍全身。

08

通往宿舍别馆的通行道。

头顶依旧朗月星稀，灰色的天线切割着天空。低矮的民宅是无数的小块放糖，窗口漾着暖色的光。门前盛开着的不知名小花，风吹来时，淡淡的香气沁人心脾。

玩了几天的女孩累得在顾星原的背上熟睡过去，剩下两个人意外地不知该说什么，如同相识的第一晚，两人隔着一步距离默默前行。

夏乔最近都不住宿舍，留了足够的空间给裴夜。给纪瞳盖好被子，男生转身欲离，站在冰箱前喝水的女生急忙跟上去：“我送你。”

去自动贩卖机前买汽水，促销活动早已停止。

“没赶上好可惜。”男生一脸痛心疾首的表情，然后恶作剧地将冰凉的易拉罐碰碰裴夜的额头才递给她，“说吧，你想知道什么都告诉你。”

“哈……”伸手揉着额头还未来得及发脾气的女生慢掉一拍，没想到这么快进入正题。

“小瞳说，她明天早上的飞机回国。”

“嗯。”

犹豫了很久：“你……不留她吗？”

明白女生的意思，要留的不只是明天回国的事。看样子都已经跟她说过了呢。顾星原叹口气：“你们这么快就组成姐妹档，我有种被抛弃的感觉啊。”

“别打岔。”

男生耸耸肩：“我听说了你给我编造的翘课理由，当时就想……裴夜这个家伙好厉害，什么都知道呢。”

“哈？我只是胡说的啦。”

“那么，我来给你纠正错误的那一部分。”

那天晚上突然接到女生的分手电话，似乎是下了决心说出来，以为这是她在做最后的告别，心急之下连夜买机票赶回去。从出生后就一直在一起的人，小小的软软的总是抓着自己衣角的人，是女朋友却又更像妹妹的人，是亲近的家人。已经变成生活的一部分，怎么可以说消失就消失？

在机场迎来的却是女生久违的微笑，她说：“治疗了这么久，我已经不会再做傻事了。你不要再担心我同情我，你对我越好，让我觉得越糟糕。阿原，我好喜欢你，一直依赖着你，觉得不跟全世界说话也没有关系，所以却桎梏了你，无法大步前行，我讨厌这样的自己……所以不得不放开你，大概只有这样，你和我才能继续好好生活。”

而日本的五天，是完成最后的约定。

“这一次，她是下了决心吧。”顾星原说。

“可是，不觉得可惜吗？”

——在操场突然抱住我那一次，是纪瞳第二次自杀未遂的时候吧？

——明明很喜欢她不是吗？

“我们一直在一起啊，只要知道她已经想要好好生活下去，比什么都重要。我会在她身后远远看着，只要她慢慢坚强起来，我就放心了。”

“好像家长。”

“是吧。”男生笑起来，然后一如既往地来揉乱裴夜的头发，“帮我撒谎的事，谢谢了。”

——“阿原那个人太温柔了，总在为别人考虑，把自己搞得很辛苦。”

——“是我太依赖他，所以他才觉得不得不保护我吧。真正放不开的人，或许不是我，是他。”

——“所以这一次，虽然很痛苦……但由我来推着他向前走。”

——“可以拜托你，好好照顾他吗？”

耳边回响起纪瞳说过的话。

“笨蛋。”裴夜眼睛酸涩，晶莹的液体从红红的眼眶跌落，视界里的一切模糊不清。隐约感觉有人靠了过来，肩头传来一阵压力，然后趋于平缓。

“其实我……大概……”

“……也累了吧……”

“让我靠一会儿就好。”

十一月的清冷气流，哈成小团白气。

女生僵直身体坐在那里。长椅冰凉，喝完的易拉罐歪倒在脚边。如此近的距离，耳畔里全是男生长久疲倦后终于熟睡过去的平稳声息。

顾星原——

其实我给你买了很多促销的酸奶汽水，此刻正放在我房间的冰箱里。

可是比起你爱喝的那些酸奶汽水，此刻的我……只想唤着你的名字，送一颗无比巨大的幸福给你。

全部送给你。

09

十二月末。

早上睁开眼睛拉开窗帘时天气晴好，到了下午却又阴沉了脸，原本也没有什么出行计划，所以女生收拾了课本打算回宿舍。活了二十年，细数起来并没有什么可说的光彩之事，仔细回忆起来，生命褪成一枚空白的扉页。

等待红绿灯时，看到对面大厦的广告终于换了一张新的，近视眼的缘故，很努力也看不清楚上面写的什么。聚精会神去钻研的时候，一不小心就过去了两个绿灯的时间。

伫立在某一点时，突然就不想动弹。

“你到底要站在这里多久？”耳边传来熟悉的声音。

是顾星原。

裴夜搭在右手臂上的手情不自禁加重了力度。

自从送走纪瞳后，一个多月来，两人竟然第一次见面。

一起走到附近的书店门前躲雨时，男生说：“最近都没看到你。”

不是相同专业，可以错开排班，时间不同回家自然也不同，时间宽松的周末还去报了言语交换班……怎么可能遇到。

在他放下负担在自己肩上沉睡那一刻，无比清晰地听到自己的心跳。明白自己太过喜欢他的事实时，情不自禁胆怯。如果被拒绝怎么办，以后将无法再看到他怎么办，他或许还有很多很多秘密，愚笨的自己无法分担又该怎么办……越喜欢一个人，越多担忧。不知道该怎么办时，只好躲起来不见。

躲一个人，比想见一个人要简单得多。

原以为再见面时可以自然地打招呼，变成好朋友的模式，可是此刻裴夜才明白，那些思念变成小怪兽，在她的心脏里四处乱窜。

“顾星原……”裴夜垂着眼睑，“对不起。”

“嗯？”男生奇怪地看过来。

“纪瞳拜托我好好照顾你，我好像做不到。”

“为什么？”

“我……我会辜负她，我……会不小心喜欢你。”

“所以躲了我这么久，就为这个？”男生又好气又好笑地看过来，伸手使劲揉乱女生的头发，“说什么傻话呢，第一次来跟我搭讪问路的时候，不就是看上我长得帅了吗？”

又欺负她。

裴夜后退一步，目光炯炯地认真说：“我没有开玩笑。”

雨下得更大了一些，女生的肩膀露屋檐遮挡的范围，雨落下来，所及之处墨蓝色更深一些扩散，见她还毫无察觉，顾星原只好无奈地把她抓了回来。

“还记得今年六月一起去高尾山的事吗？”男生突然说。

“嗯？”不明白话题怎么就跑到那么远。

“下山的途中遇到了过云雨，没带伞的我们最后被淋得很惨。”

是有那回事。

一行五人相约去高尾山，后来遇到夏天的阵雨。

躲在店铺的屋檐下，脑子里反应慢掉一拍。朦胧的雾气里光圈扩散成无数环，景物在视界里模糊地摇曳成一团。山上有温度差，遇到下雨，裸露的皮肤凉意弥漫。

女生不由自主地将左手搭在右手臂上维持暖意时，听到旁边传来声音：“下雨了啊。”

轻柔渗透入每一个音节，像沉睡时的呼吸。

下一秒，余光里有人和自己并肩站到一起。

现在闭上眼睛回想，当时的每一个细节竟然无比清晰。

可是，为什么说这个？

看到女生回忆起来的表情，顾星原接着说：“雨停的时候，天空出现了彩虹，你当时兴奋地过来拉我去看。”

“……谁叫你当时只顾看手机……”

“那一瞬间我就想，我们经历的暴风雨后，原来真的有彩虹啊。在辛苦的时候，只会躲到安全地方的人，是没有机会看到彩虹的。”男生意味深长地说。

据说对着彩虹女神许愿就会实现。当时拉着你去看的时候，我默默奢侈地想留在你身边，无论以什么身份。却又无比清楚，你和我在一起是觉得没有负担，不是林伽瑜那样优秀得靠近就会被吸引的女生，也不是纪瞳那样弱小得让人情不自禁倾尽所有去保护的女生，像我这样平凡又普通的人，只要停留在“朋友”的位置就好。

可人终究是贪婪的动物，在你身边待得越久，我想要的也会越来越多。

即使纪瞳选择了放手，也绝对不可能是我，陪你走接下来的路。

也是在那时候，我明白了纪瞳放开你的缘由。

希望你幸福，却守护不了你，所以能做的，就是不给你负担。

尽管我那么那么想要走近你，可是所有的风雨之后，并不是一定会出现彩虹。

天空被乌压压的云朵压着，裴夜抬手揉了揉眼，觉得自己体内所有的感情都被雨水泡胀了，一点一滴，不可抑制地冒出来。

两人的距离很近，近到我以为伸出手，就能拉着你走以后的路。

“那么……要试试看吗？”下一秒，顾星原真的伸出手来。

裴夜瞪大眼睛，视线里是男生温暖的笑脸。

这一次，裴夜是真的哭了。

纯　白

I also want to fall
In love
With you
For a lifetime

是夏天的魔法，把他，送到了她的身边。

01

窗外的树枝随着夏日的深入而变得愈发茂盛，偶尔有风吹过，便汇聚成了一波波绿色的海浪。午后的阳光透过缝隙落在纯白色的床单上，然后四下散开，在墙壁上投射出若隐若现的浮光。

房间里弥漫着消毒水的味道，浑浊的空气使呼吸变得不畅。点滴的速度放得非常慢，季千寻看着那根透明的细管子穿过瓶盖一路向下，最后生硬地插进自己的血管里，心里忍不住颤抖了一下，疼痛感就跃了上来。

门在这时被轻轻地推开，以为是护士小姐来查看的女生循声回过头去，在看清来人是个男生之后，眼睛顿时瞪大了。

似乎没想到她已经醒了，男生放下水果的动作变得有些局促，“护士说你这会应该睡着了，所以……”

“徐井泽？”女生疑惑地看着他。

男生点点头，“难为你还记得我。”

像徐井泽那样的男生，整个矢野中学没人不知道。成绩好，长得好，还有唱歌好的一技之长，曾在重要的比赛中获奖，当时他们还没有机会说话，但季千寻记得在周一的升旗仪式上，男生腼腆地站在校长旁边的模样，怎么忘得了。

季千寻勉强着坐了起来，冲着想要上前帮忙的徐井泽摆了摆手：“我自己可以的。”

“哦。”

“现在几点了？”

“快两点了。”忽然想到一点，“啊，你还没吃午餐吧？”

“不想吃。”女生并不在意，然后望了望外面的天空，喃喃地重复了一遍，“怎么才两点……”

轻淡的风吹过，深绿色的树影在日光下晃动开来，不知道是不是因为常年住院的缘故，女生的皮肤白皙得几乎透明，瞳仁却是清澈的黑色，嘴唇有些薄，略显苍白，柔顺的短发乱乱地贴在头上，细细看起来，竟呈现出别样的病态美。

和他们口中提到的完全不同，看不出晦气，心里也没有感到添堵。

在床上待久了确实无聊，时间每一秒都度日如年，徐井泽怜悯地看着季千寻：“我帮你把电视打开。”

女生还不来不及阻止，男生已经抢先一步完成了动作。无数的黑白点瞬间跳了出来，“呼呼”的杂音冲击得耳膜隐隐作痛，没想到会这样，赶紧伸手摁灭了开关。

“白天不会接线的，收不到任何电视台。”

“这家医院也太吝啬了。”徐井泽尴尬地伫立在原地，刚才动作太大，腿上的伤被牵扯到而发出撕裂般的疼痛。

“你……”注意到男生变成苦瓜脸的表情，季千寻向前探了探身子，可惜手背插着点滴，也不敢做出别的动作。

“排练的时候受了点伤，刚刚才包扎好伤口。”

“哦。”女生仰头，“以后打算做明星吗？”

男生腼腆地笑了笑：“以后的事以后再考虑吧。”

——所有以后的事，并不是都有以后可以考虑。

没注意到女生目光中的某一点逐渐暗淡下去，徐井泽顺手把掉在地上的书放回到了床头柜上，正想问她也在抓紧时间复习啊，却听到女生不带感情的逐客令：“我困了。”

不等男生回话，季千寻已经将脸深深地埋进了枕头里，呼吸变得有些困难，耳朵因为被棉絮掩盖而发出空白的长音。直到听到门被关上的“咔嚓”声，才又坐回了以前的姿势。

“真是差劲啊。”女生揉揉自己的眼睛，喃喃地说了一句。

02

为什么会有太阳呢？

如果没有太阳，可以一直这样沉睡下去，就好了。

灼热的气流从高空坠落下来，心里像装了一只巨型蒸笼，“轰隆隆、轰隆隆”地燃烧着，额上的发被分成搞笑的中分晾到两边，贴在枕头上的脖子却一直湿漉漉的。

白昼被一再拉长，无所事事的时间也随之愈来愈多，每天还会打针，但比较起疼痛，庞大的空虚会更逼得人喘不过气来。

堆在床头的书不过只是用来摆摆样子，鬼才有心思真正看得进去。即使健健康康坐在教室里也听不进去，更何况现在。

也没有什么大梦想，唯一的意外是两年前在一个比赛中，长相普通的自己因为歌喉还不错，竟成为正能量的逐梦选手获得了优胜，中考时获得加分升入了国家重点的矢野中学，一生的好运好像在那时候耗尽，高中以后被老师当成隐形人，不够世故，也不圆滑，和闪亮的大家格格不入，别说继续唱歌，连学校的文艺会演都不再有机会参加，变成了人群中最普通最不起眼的那一个。

而且说远一点，即使将来进入演艺公司又怎么样呢？即使获得机会红一时又怎么样呢？生病以后突然清醒了，当初拼命参加比赛想要获得加分升学的意图不纯，不过是为了吸引某个人的目光。

梦太短暂，还没等人打碎，自己就醒了。

父母打电话来时也从来不会问到有关学习或者将来的打算，因为太了解自己的女儿，所以从一开始就没抱什么希望吧。

季千寻忍不住叹了口气，刚碰到课本的手又放了回来。

阳光太过耀眼，手背遮挡住眼睛，视界内的东西被镶上了一层明晃晃的金边，闪烁着，有些看不太真实。

徐井泽进来的时候正好看到女生紧蹙着眉头坐在病床上，望向窗外的目光像破碎的琉璃，放在眼眸上的手看起来好小，加上短短的头发和小小的脸，一点也看不出是和自己同龄的样子。伴随着男生的到来，走廊上的穿堂风也拥了进来，裹挟着男生身上特有的清爽味道，让女生低迷的情绪稍稍好了一些。

自从上次的突然造访之后，他每天这个时间都会来看自己。有时会讲一个连他自己都笑得尴尬的冷笑话，有时候什么都不做问候几句就走，脾气很好，面对自己的冷脸也不会生气，扶自己起床的动作也很温柔，渐渐地也就习惯了对方的这种存在，甚至很多时候，都会对他的到来怀着期待的心情。

很清楚自己不是长相讨好的女生，或者说，自己是一个没有任何优点的女生，所以对方是因为喜欢自己的理由无论如何都说不过去。一开始季千寻还很困惑，后来听到男生解释说是受了班级的委托之后才明白过来。

“我在想中午这个时候来看你会不会打扰你的睡眠。”

“没有。反正晚上已经睡得够多了。”季千寻想了想，“这样会影响你下午排练的效果才是吧？”

“一点点而已。”

“真老实。”

“嗯？”男生投来好奇的目光。

“连哄女孩子的话都不会说。”

“……还、还好吧。”似乎是不好意思了。

季千寻忍不住就笑了出来，心情跟着好了一大半，伸出手搓了搓眼睛：“真想出去走走，躺了两个多月，感觉自己都快退化了。”

“过了这段时间应该就可以出去了吧？”

“护士说就这几天应该没问题了。”

“嗯，那就好。”徐井泽点了点头，似乎想起什么，于是忍不住问了出来，“对了，怎么一直没看到你父母？”

“他们常年在国外的，回来一趟的费用太贵了，而且也不是什么大病，大概是觉得没那个必要吧。”女生侧了侧身子，徐井泽上前帮助她找了个更舒服的姿势躺好，“也不是什么了不起的工作，不知道为什么那么痴迷于国外。”

“也许是努力工作着想带你一起过去团聚呢。”

“如果可以选择，我还是更喜欢在这里生活。”女生的眼皮垂了下去，“即使在这里也生活得很不如意。”

即使语气轻描淡写，表情也没有任何变化，可是在女生说出这样的话时，徐井泽清晰地感受到了她身上所传达出来的悲伤。那么冷酷绝情的父母，和自己比较起来，即使自己的父母也不是自己喜欢的样子，但终究还是很关心自己，况且……想到女生一贯被孤立的处境，自己还是比她幸运很多的吧。

“等下次来的时候，我带你出去散步好了。”徐井泽微笑着说道。

不是什么特别的允诺，在女生听来的关键词也不是“散步”而是“下次”，只要还有人愿意陪着自己，那也是一件非常幸福的事情了吧。

“你知道吗？以前听她们说喜欢你我都觉得那是迷恋于你的外表，现在我明白了。”女生微笑着叹了口气，“徐井泽，你真的是一个非常好的人呢。”

03

矢野城的夜晚，灯火一路闪烁着将城市包裹，车辆往来不息，从身边经过的人流像是电影里的快镜头，永远看不清楚你曾与谁擦肩而过。

好不容易才挤进地铁，各种汗渍味与香水味纠缠到一起，混合着涌入鼻腔内。车厢内人很多，每个人拥有的空间非常狭窄。

林倩遥站在离自己不远的距离恶狠狠地抱怨着，放在她脚边的行李箱被周围的人踢来踢去满是灰尘。她不时将目光扫过女生这边，季千寻也懒得去分析里面包含的感情究竟是关心还是嫌弃。

像沙丁鱼罐头一般的车厢内，光线暗淡，头顶上方的破空调发出呜咽的声响，随时都好像要砸下来。从车窗外呼啸而过的风景除了黑暗，别的什么都没有。

季千寻抿了抿嘴，在途经站台的惯性之下更紧地抓住了扶手，而后车门打开，又是一阵推推搡搡。摇摇晃晃的情况下，困倦的感觉又涌了上来。

在楼下竟然看到了许穆和，他站在昏黄的路灯下，一贯的白色棉布T恤和藏青色的牛仔裤，头发似乎刚刚打理过，剪短了不少，整个人看起来显得更有精神了。男生的容貌就这样被一点一点地打亮，微笑的眼睛让季千寻顿时清醒，然后一股湿润的暖流从心底蔓延开来。

“学长。”女生舔了舔嘴唇，有些惊讶。

对方点了点头，“千寻的病彻底好了吧？”

“嗯。谢谢学长关心。”

“真是抱歉，一直没来得及去医院看你。”

“没关系啊，也不是什么严重的病，小手术而已，况且学长让倩遥带来的水果我也收到了。”说到这里，女生笑了出来，氤氲了许久的雾气渐渐散开，有颗明晃晃的太阳“哗”的一下撕破了云层升了上来。一直苍白的面色，竟然变得有些红润起来。

不等两人再多寒暄，林倩遥已经不耐烦地把行李扔到了女生手里，“好了，作为朋友的我，任务已经完成了。”明明是厌恶的语句，眉眼之间却又满是笑意。

“一个人上楼没关系吗？”许穆和有些担心地问。

“病都已经好了，上个楼有什么困难的。一路扛着行李过来，累死我了……好啦，我们还赶时间呢，聚会应该开始一会儿了。”

季千寻点了点头，“谢谢”两个字还卡在喉咙里，林倩遥就迫不及待地挽上了男生的胳膊把他拖走了。许穆和欲言又止地回过头来，女生站在原地冲他笑着挥手再见。

不知道被扎过多少次的手臂因为提东西上楼而勒得生疼，季千寻喘着粗气打开门，连鞋也不脱就直接平躺到了床上。屋里从来都是空荡荡的，自始至终，父母都没有打过一个电话来。

女生叹了口气翻了翻身，然后全身上下都开始疼了起来，断断续续的、破碎的疼痛。窗子没有打开，影影绰绰的霓虹透过窗帘的缝隙打在女生苍白的脸上，笨重的熊宝宝仰躺在床脚，呆滞的脸上却分明摆满了寂寞。

徐井泽的电话就是这时打过来的，本来想轻松地告诉他自己已经回家了，可是张开嘴的刹那，眼睛突然湿了起来，仿若积蓄已久的潮汐，从遥远的地方奔涌而来，吞噬掉浅浅的海岸线，全世界的黑暗在一瞬间压了下来。

04

出院之后的第二天，季千寻回学校上课。在校门口的地方，一辆黑色的奥迪缓慢地停在了自己面前，车窗慢慢地摇下，徐井泽的脑袋从里面探了出来，目光相接的瞬间，男生对自己露出温柔的笑容。

季千寻看着徐井泽和开车的胖男人说了几句，然后就下了车和自己站到一起。女生努了努嘴：“司机吗？”

“是我爸。刚好顺路所以硬要送我过来，说起来还真是不好意思。”徐井泽冲男人挥挥手，直到车开出视线，才回过神来和女生说话。

“关系很好呢。”

注意到男生的目光闪烁了一下，柔和的表情似乎也有些凝固起来，微笑虽然还在嘴角，却没有回答自己的话。女生的感觉总是很敏感：“对不起，如果我说了什么不该说的话。”

“哎？……没关系，只是很多事情，即使有着光鲜的表面，而内核却不一定也那么完好。也许是每个人的期待都有偏差，要求完美的程度不尽相同，所以自己感觉到的和别人看到的，往往都不太一样吧。”

女生若有所思地点了点头。

大家对季千寻的回归似乎反应很大，当女生走进教室时，几乎所有的目光都在自己身上定格。林倩遥疑惑地上前迎接自己，等到坐回座位时还回头看了自己好几眼。

一早上都过得浑浑噩噩，老师们对班上又多了一个学生似乎都没注意。或者说，季千寻的存在与否，他们都不关心。如果可能，他们一定希望我永远都不要回来了吧。女生趴在桌子上暗想。

中午很多人都去食堂吃饭了，不想做两人的电灯泡，加上头还有些疼，为了节省体力，季千寻拒绝了一起去吃午餐的邀请。许穆和来接林倩遥的时候问她要不要给她带点什么，女生看了看林倩遥的表情，然后摇了摇头。

教室里的人越来越少，正午的阳光太过强烈，在医院里躺久了的季千寻不适应这种强光，头上刚刚愈合的伤口也微微发热，痒疼痒疼的感觉让人很不舒服。

一直坚持到下午的体育课，跑了三圈以及一系列的热身运动后，季千寻有些吃不消地坐到了附近的树荫下。肚子也开始有了反应，咕咕地叫了起来。

“喏，给你。”

白色的塑料袋突然出现在自己的面前，把正入神的季千寻吓得不轻，抬起头来恰好看到男生的眼睛。琥珀色的瞳仁干净澄澈，太过美好，让她忍不住想要落泪。逆着光线，男生清瘦的身体投射出一团黑色的影子在自己的脸上。气氛显得暧昧，胸腔内的心脏越跳越快，季千寻有些控制不住地往后退了一步。

“明明才刚出院，你还是回教室好好歇着吧，老师那边我去给你请假。”徐井泽看到女生额头不断滴落的汗珠，微微蹙起了眉头。

“不用，我没事。”

“不要逞强了。”男生已经俯下身来扶住自己的胳膊，“如果不想更多人注意过来，就自己乖乖地回教室去。”

视线放开，果然很多人都望着这边，女生有些尴尬地站了起来，接过男生手里的零食，低着头转身跑回了教室。

体育课后，林倩遥回到教室的第一件事就是忍不住好奇地打听：“你们好像很熟？”

“没有啊。”自然清楚她说的是谁，这时候装不懂更显得两个人之间真的有什么。

“那他怎么对你那么好？”这么问时，季千寻很明显听出了对方的不满意。

“我生病那段时间不是他代替班级来看过我几次吗，所以才熟悉的，就那样了。”不明白林倩遥生哪门子气，季千寻只好道出事实。

“谁安排他代替班级去看你了？我是班长，我怎么没听说过有这回事？”

05

只有一把伞的下雨天，对于情侣而言，是多么美好的一件事情。

可是，如果是三个人呢？

林倩遥返回教室带伞时还是喜滋滋的表情，回来时却看到男生身边多了一个女生，背着一只与身材极不相符的大书包，怀里还抱着一摞似乎刚从图书馆借出来的书。等看清楚那个人果然是季千寻之后，好心情消失了一半，走近时脸已经不能隐藏地黑了起来。

“还没回去啊？”林倩遥没好气地打断正在聊天的两个人。

“嗯，刚刚打电话听学长说在这边等你，恰好要还他的借书卡，所以就过来了。”不知道为什么，每次被林倩遥询问时，自己就会突然变得有些紧张。

“耽误了那么久的功课，有什么不懂的地方就来问我或者倩遥好了。”男生一贯的绅士风度。

这才注意到对方借的都是一些课题详解之类的书本，女生不屑的表情顿时就露了出来：“本来脑子就不好使，看再多也没用，我看你啊还是多看点少女漫画比较适合。”

“倩遥就这样，你别跟她计较。”许穆和难为情地对着季千寻道歉，再回头看女朋友的目光，虽然带着些许责备，更多的还是宠溺。

早就习惯了林倩遥说话方式的女生只是勉强地笑了笑，倒是许穆和看林倩遥的目光更让自己有些受伤。

“对了，下这么大雨你怎么回去？要不然你和倩遥撑这把伞吧，我没关系的。”

“不行。”林倩遥反对。

“不用了……”几乎是同时出口的，听到林倩遥更大的声音时，女生发现自己多虑了。气氛变得很怪异，季千寻不知所措地搓着手心。

“千寻，你等我很久了吧？”徐井泽的声音突然出现在身后，女生回过头木讷地望着他，他对她笑了笑，于是她才恍然回神，他是在救她。

“既然这样，那就麻烦徐同学送千寻回家吧。”许穆和这样说，徐井泽点点头。

他应该是松了一口气吧。女生猜测着，不敢抬头去看许穆和的表情。但是看清楚了，林倩遥在转身的时间，钉在自己身上的，狠狠的目光。

“走吧。”男生已经撑开了伞，顺手将季千寻的书包也拎了过去。

雨淅沥沥地下着，周边的事物被模糊了轮廓，不时有没带伞的毛头小孩冒着大雨从身边冲过去，溅起的水花打在女生裸露了一小截的小腿上，轻微的凉意，即使白袜子被搞得很脏，心里却觉得有说不出的愉悦。

出来的时候，季千寻习惯性地走在左边，不少汽车在雨里奔驰而过，空着手的女生倒是走得惬意，结果没走几步被却男生拉住了：“你还是走在我右边吧，那样我撑伞会顺手些。”

很久以后才明白过来，那绝不只是为了“顺手”，而是保护自己的另一种方式。

“为什么要对我这么好呢？”季千寻记得自己当时这么问过他。

“因为你像一个人。”男生这样回答，“看起来柔弱，却很坚强。经历了很多辛苦的事，却也在努力向前，让一旁的人看着心疼，忍不住想伸出手去保护。”

像谁呢？她是你喜欢的人吗？当时季千寻抿了抿唇，没继续问。

——即使是这样的原因，你的靠近也让我感到满足。

回到家时已经接近八点，虽然一路上都有男生的细心照顾，可是因为雨太大，还是不可避免地被淋湿了一些。笑着跟男生告别之后，上楼时已经不能再继续坚持而有些重心不稳。

白炽灯在视界里一明一灭，脑袋里突然刺痛了起来，心脏紧接着痉挛一样急速跳动。踉跄着拉开抽屉取出药，左手因为疼痛加剧而没了力气，倒下之前隐约听到玻璃破碎的声音。

如果不是一直在响的电话铃音，季千寻不知道自己还不会再清醒过来。重新醒来后，疼痛消失了，倒是因为突然倒地让自己的浑身都很酸软。手机显示有五个未接来电。不用看也知道是父母打来的，清楚他们想要的是什么，女生想也没想就直接把电池从手机里抠了出来。

季千寻看着黑下去的屏幕，心也一点一点地掉入了黑暗的境地。

有什么不能避免的东西，好像即将到来的暴风雨咆哮着，随时都会压下来。

06

放学的时候，林倩遥当着全班同学的面打了季千寻一巴掌。

力气很大，大家都听到了。

眼看着另一巴掌也要紧跟着落下来，男生想也没想就上前拦住了林倩遥的手。

“我看到了。”女生不解恨地挣脱着还要上前打出那巴掌，“在你借给穆和的《新概念英语》里夹杂着表白的字条。”

所有的动作在一瞬间停止，季千寻捂着脸，眼睛盯着林倩遥，眼神慌乱，有些不知所措。

“难道我对你不好吗？你为什么要这样做？”说到这里，林倩遥已经不能控制自己的情绪，“你这个贱人！大家都不喜欢你，我可怜你才跟你做朋友，没想到你竟然做出这样的事情！”

身边的同学都开始议论纷纷，原本还有些可怜季千寻的目光纷纷变成了鄙夷。不时有“好贱啊”“早就知道她不是什么好东西”“活该被打”这样的句子灌入男生的耳膜，再看女生，她哪里是林倩遥的对手，早就低着头搓着衣角，有湿润的液体从她眼里一直滴落到桌面上。

不忍心看到这样的场景。

“那是我写给千寻的纸条，只是恰好她还没来得及看就借给了许穆和而已。表白的话，是我想要对千寻说的。”

“——什么？”一直怒气冲冲地女生顿时消了气焰，疑惑地望向男生一会儿，突然又生起气来，“徐井泽，我一直以为你是聪明人，懂得什么事该插手什么事不该插手。我从班主任那里听说了，你之后会转学回西洛，不是为了以前和你一起演出的女生吗？现在来做什么季千寻的英雄？”

“转学是我自己的事，谣言是你们的事。这些都不影响我该做什么事。”徐井泽拉着季千寻走了出去。

事后许穆和亲自来跟季千寻道过歉，无非又是“你不要跟倩遥计较”之类的话。每次都是这样，季千寻有些麻木地看着男生英俊的脸，自从认识以来，他对她说得最多的话，就是让她原谅林倩遥。

只有她自己知道，林倩遥从来都不欠她。女生的直觉不是平白而来，那些敌意也并非只是林倩遥的臆想而已。那张“我喜欢你”的纸条，确实是季千寻写给许穆和的。

“你是喜欢他的吧？”徐井泽问她。

“以前是。”女生抬起头，目光平静，“你相信吗？在写出那张小纸条的时候，我就已经决定不再喜欢他了。”

“嗯？”

“人的感情非常奇怪，喜不喜欢也并不完全靠心去决定。有时只是一个感觉，就好像我对学长的喜欢，我承认，曾经有很长一段时间，我迷恋他，无条件地迷恋他。所以当林倩遥接近我只是为了显示她善良的一面给别人看时，其实我也可以说是利用了她。所以……徐井泽，大家不喜欢我并不只是因为我不合群，像这样的我，你为什么还要来靠近我呢？真的是因为我很像你认识的一个人吗？”

“你和她不一样，除了那股倔强。”男生伸手擦干女生的眼泪，“可还是想要保护你。无论如何，从第一次在医院里看到那样落寞的你的时候，我就已经断定，千寻是一个非常脆弱非常善良的女孩了。”

“可是你的保护太短暂了。”女生的眼神黯淡下去。

以为她是说自己已经决定转学的事，徐井泽解释：“那是家庭的原因，而且不管我去哪里，不妨碍我们做朋友不是吗？”

徐井泽看着她，目光温柔，风扯起他单薄的领口，清瘦的锁骨露了出来。好像有一盏灯，在她的世界里慢慢地发出耀眼的光芒，就在这一刻，她觉得自己的心被融化了，生命仿佛也要在这一刻停止。周边的一切都变成了虚无的光点，时间变得恍若止步，打在伞上的雨滴从身边哗啦啦地落下。

她看着他，笑容从眼睛开始，一点点地绽放开来。

——即使知道这样的答案已经不再重要，可是，还是谢谢你。

07

时间很快会过去，你会离开，而我也会，所以我们来制造一些回忆吧。

将来也不会忘记的回忆，留在你心目中的和我有关的回忆。

“徐井泽，我们来约会吧。”

“去哪里？”

“先去谱山公园放风筝吧。”

“风筝呢？去买吗？”

“我们可以自己做啊。”女生看了看手腕上的电子表，“现在才中午一点半，有的是时间，我们先去买材料吧。”

徐井泽第一次见识到季千寻的另一面，与平日里的样子完全不同。会砍价，会选材料，甚至……会画彩绘。男生看着女生埋着头给风筝做最后的上色处理时，忍不住惊讶：“千寻你好强啊。”

季千寻停住笔抬起头来，眼睛笑着眯到了一起：“你也很强啊，第一次做风筝就能粘得这么好。”

女生的额上沁出了汗，头发也因为一直低头的原因而掉到了前面，徐井泽伸出手去帮她拂到耳后，皮肤接触的瞬间，好像一股轻微的电流，让两个人的动作明显一顿。

傍晚时的天空，宽阔的绿地一直延伸到很远的地方。彩色的蝴蝶随着风慢慢飞上了天空，女生欢呼着拽紧手里的线，徐井泽坐在草地上看着她，很少见到她这么活泼的样子，好像一只真正的蝴蝶，飞舞在男生的世界里。

“如果你可以一直这样笑下去，该有多好。”

女生不知道是因为没有听到还是故意不答话，只是跟着风的方向跑了起来，等到蝴蝶已经越飞越高，忽然手一松，那只蝴蝶便跟着风真正飞了起来，越来越远，渐渐地变成一个点，然后彻底消失在了两个人的视线里。

不明白女生为什么这么做的男生，惊诧地愣在原地，还没反应过来时，女生已经笑嘻嘻地跑到了自己面前：“我还有一个请求。徐井泽，可以陪我一起拍大头贴吗？”

“好。”男生回答得很干脆。 .

地点选在公园里最红火的一家大头贴店，女生握着笔翻阅着册子找背景，徐井泽的视线却完全没有停留在翻阅的内容上，看到女生投入的样子，好几次，他都欲言又止。

“拍大头贴来做什么呢？”

“嗯？啊，可以贴在书上或者放在钱包里啊，然后想见到的时候一下子就见到了。”女生继续勾着背景。

“可是天天不是都能见面吗？而且我转学也没有太远，我家还在矢野，之后常常回来的……”

季千寻只是抿了抿嘴，没接话。

心里的不安来得更强烈了些：“我说千寻，你今天怎么突然……”

“好啦。本来不想告诉你的。”女生停顿了下，“我妈妈说等高三就接我出国了。所以以后见面的机会应该不会很多了。”

“出国？”不是说不想出国吗，不是说就算在这里生活得很不如意也不想离开吗？

“嗯。妈妈说反正我也快面临升学，不如早点过去得好。等下学期就回来给我办理签证。不过能和父母一起生活是我多年的梦想，虽然我并不喜欢国外，可是如果他们不愿意回来，那只好我过去了……好了，阿姨，背景我们选好了，麻烦你输入进去吧……”

被拖进拍照机的幕布时，男生的思维还属于短路的状态，直到女生喊了一句“茄子”，摇摆的画面被定格，徐井泽都还没有回过神来。

“喂喂喂，你专心点好不好？你看这张拍得多傻啊，哈，不过细细看起来还挺逗的。”女生凑上前去仔细地看了起来。

手臂的力度明显加剧，季千寻疑惑地被拉了回来，看到的是男生认真的表情：“即使现在说这些已经没有意义，可是我还是想知道，在千寻的心里，比起许穆和，有没有更喜欢我？……或者说，有那么一点点喜欢过我吗？”

“傻瓜。”季千寻只是对着他眨了一下眼睛，笑起来，“你也不用为了同情我这样说啊，我都知道的。”

在下一张照片被定格的瞬间，女生踮起脚，仰起脸来看着徐井泽的脸，然后轻轻凑上了自己的唇。

08

我能留给你的，只有这样的轻轻的一个吻了。

灼热的泪从女生的脸颊滑落，在风吹过时变成一大片一大片的冰凉。

——对不起。

09

然后很久就过去了。

四季不停地变更，时间把记忆冲刷得淡去，少年体内的骨骼慢慢拔节出来，轮廓也一天天地更加分明起来。

徐井泽大学毕业那年的生日，因为新专辑获得好销量，公司举办了庆功宴，这时男生已经是很有人气的歌手，却依旧是那个温柔的、笑起来腼腆的大男生。

席上被公司里几个好事的女生忍不住询问起初恋时，男生苦笑着摇摇头。

从酒店逃出来时，阳光洒了一身。被灌了几杯醋开水，加上又吹了些风，徐井泽的酒醒了大半。拒绝了别人要送他去回的好意，一个人漫无目的地在街上闲逛。

不知不觉就走到了谱山公园。

原来的草坪早就不在了，被换成了一家看起来很不错的肯德基。只有那家大头贴店，似乎生意还是那么好，不时有一对对的高中小情侣牵着手走进去，徐井泽看着他们甜蜜的模样，不自觉地就笑了起来。

之后一直没有交过女朋友，钱夹里也一直放着当年和女生一起拍的大头贴。女生踮起脚亲吻在自己唇上的触觉，仿佛还清晰如昨。

如果不是在高中毕业那天听到许穆和告诉自己的真相，恐怕还真的以为，你在那边一直都很幸福地生活下去呢。

都怪当时的自己太傻，怎么没有早一点发觉呢？当初来医院看你的时候就应该知道的啊，竟然一直相信你，把那当成了无所谓的小手术。天知道那竟然是脑瘤，我一直都无法想象，你之后究竟承受着怎样巨大的痛苦。

可是，却还在最后微笑着同我道别，告诉我一直想去和父母生活的谎话。

而没有早一点发觉的还有，我们之前不是同情，不是友情，或许也不是爱情，只是觉得当时如果陪在你身边更久一点就好了。

有些人总在失去后才不舍，有些事在回忆里才深刻。

得知你不在以后，当初误以为轻描淡写，心里却记挂更深。

——如果你在那边能够看见我，一定也是微笑着的吧。

——千寻，如果是我陪在你身边，你会不那么孤单吗？

褪　色

I also want to fall
In love
With you
For a lifetime

那些曾在年华中鲜明的存在，在时间的流逝里，渐渐褪色。

我宁愿，在无限漫长的未来，你只存在于回忆。

01

你在十月末离开，火车站里空荡荡的。

过了安检后，你提着红色的行李箱出了扶梯，弯腰拉箱子时肩上的挎包滑落下来，你皱着眉腾出左手捡起来，然后一路磕磕绊绊往候车室走。

那天你穿着白棉连衣裙和灰色针织马甲，袜子是蓝色碎花的，搭配深棕色的长筒靴，才烫染不久的长发软软地搭在肩上。过往的人都在看你。

找到空位坐下后，你捶了会儿小腿，然后抬头望一眼周围，只是漫不经心地扫一眼，我的手心却沁出一层细细密密的汗。我们之间相隔着四排椅子，不远不近的距离。自始至终，你没有看到我，或者说，没有认出我的背影。

——那么，我的拼命躲闪又算什么。

深秋的风从敞开的窗户吹进来，突然就觉得冷，冷到心脏像脏兮兮的抹布皱巴巴缩成一团。

你要去距离四川1800多公里的北京，一个人。而我的举动连送别都不算，一个人慌慌张张地出来，一个人冷冷清清地回去，中间的一个小时远远看你。更可笑的是，我出现在这里是因为两个小时前接到你室友的电话，然后跑来向你讨还东西的。明明不用这样偷偷摸摸，却偏偏没有勇气向你走去。

大概当时的我已深知，这些年过去，我们之间并非四排椅子的距离。我害怕，我这样走过去时，连那些多年积累起的微弱关系也被彻底踩碎，从此分裂为南北，再没办法相遇。

上火车前你低头发了一通短信，白皙细长的手指快速地摁着按键，我远远望着你，心脏再次被揪起，我将手揣进口袋里，死死握着手机。有一瞬间我一厢情愿地猜想收件人是我，我看着你停下动作，合上手机放进挎包里。我的手机却仿佛被我扼到窒息，外壳微微发热。你最后告别的人，不是我。

一直看着你的身影消失在检票处，我那颗一直不安的心脏才平静下来，而后一股潮汐涌来，将汇聚起来的暖意冲散得彻底不见。冰冰的、凉凉的、空空的，那大概是我们破碎到永远无法修复的感情。

后来我也想过，如果那时我向你走去，而你，又会说什么呢？

对已经过去的事情妄加猜测，依旧感到疲软无力。

02

我们曾在这里有过几次告别，每次都是你走我送，每次独自回家的路上我都会因为寂寞哭上一场，每次你都会在说好的归期如约回来。

我们曾经是那样要好的朋友，虽然性格迥异，却意外地玩在一起。做的也并非什么了不得的大事，无非是上课开小差写一些没营养的纸条对话，下课后两人手牵着手一起去厕所，一起努力积攒钱去买喜欢的CD和杂志，周末的时候去对方家里一边看漫画一边聊喜欢和不喜欢的人，又或者只是放学后无所事事地走在路上，胳膊挽在一起，有时不说一句话。

与高中有关的记忆里，每一处都有你的影子，我们总在一起做着相同的事，有时候我闭上眼睛回想，甚至分不清某些细节里究竟是我们谁做的。我们的影子渐渐重合，再分裂开时，变得像你又像我。

而现在，我们见面需要理由、连告别都需要勇气。

每每思及至此，忍不住又哭一场。

我这个人其实很闷，脑子也转得慢，总在相似的问题上错好几遍，放在阴冷的房间里似乎可以生出蘑菇来，而你总是晴朗的，和你在一起时就能遇见晴天。能和你那样带着阳光的人走在一起，我总是满心欢喜。

你曾经说我是鱼，易感动又胆小，如果不好好看着我，真怕我会因为寂寞死去。和你分开后，我真觉得自己变成了鱼，沉入深海，独自穿梭，没有方向没有目的，身体终日被盐水浸泡，渐渐自己也变成了其中的一部分。

一个人吃饭的时候、一个人回家的时候、一个人看漫画的时候、一个人去便利店买橘子汽水的时候、一个人拿着手机却不知道该拨谁的号码的时候，只要稍微用力，眼睛就一个劲儿往外渗水，停不下来。

前段时间我看了《下妻物语》，亚树美说：“哭泣并不是什么可耻的事，但是女人不能在别人面前流泪，这会被别人同情，哭的时候一定要找个没有人的地方，这样，你流了多少泪就会变得有多坚强。”——你流了多少泪就会变得有多坚强。如果是真的就好了。

03

女孩之间用“分手”这样的词汇总显得阴阳怪气，事实上我们也并未有过矛盾或者争吵，只是因为大学去了不同的学校，距离三个小时的车程，见面从一周一次渐渐变成一月一次，最后成了“那有空的时候再见”。

有空的时候——而大家好像都很忙。

不知道你是否听说过一种叫猛犸象的生物，它们生活的年代约1万1千年前，源于非洲，早更新世时分布于欧洲、亚洲、北美洲的北部地区，可以适应草原、森林、冻原、雪原等环境，夏季以草类和豆类为食，冬季以灌木、树皮为食，以群居为主。它们大约于公元前2000年灭绝。关于灭绝的原因，专家经过研究后给出的答案是出于气候变暖的外因以及生长速度缓慢的内因。

曾经十分强大的存在，却因为某些原因在这个世界上消失，挣扎过、抵抗过，最后依旧无计可施，被那些所谓的“原因”吞噬、毁灭。

距离很久以后的再见面，竟然是在市中心的图书馆，你和你的男朋友在一起，说话变得客套而寒暄，气氛实在太怪异，十来分钟后便匆匆告辞。

后来回想起来我甚至有些后悔，懊恼如果那天不去图书馆就好了，不会遇见你，也就不会那么清晰地体会到那一份因为疏远而产生的尴尬。有些事明明不是非面对不可的，如果错过，就可以自然尘封的啊。

我多么想与你有关的回忆全是美好。

04

哎，你还记得吗？

大概是高一的时候，有一次值日到很晚，最后只剩下我们俩在教室里。我埋头整理抽屉，浓密的长发掉下来，遮住快一半的脸，发丝拂在脸上很痒，你先一步伸出手替我绾到耳后。我们就约好周末去剪相同的发型。天色已暗，我们的步子太轻，走廊上的声控灯一直未亮，微凉的穿堂风拂过我们的脸、手臂和裸露的膝盖，冷清地来，一波一波涌出一小段初冬，自然就牵起手依偎在一起。浅灰色涌入楼道，我低头时却觉得我们牵着的手浮着动人的光。

如果我们的感情是一棵树，我会毫不犹豫地将相遇之前和分别之后的枝丫裁剪，这样剩下的就只属于那个亲密的我和你。

无论如何，和你在一起的时光像冰激凌最后浇灌上一层厚厚的草莓酱，清新而又酣甜，这样回忆起来全是美好。

有一段时间流行写信，我们也学会了折各式样的信纸，白色的千纸鹤、红色的桃心、蓝色的叮当猫，最后还研究出像小丸子一样的形状。周末在家里写，周一时放进对方的抽屉里。你讲你梦到我们一起去了海边，你说我们什么也没做，只是沿着海岸走，蓝色的天空和大海、白色的云朵和柔软的细沙，飞机飞过后留下一条白白的长线，你说海边吹来的风味道有些咸。你当时绘声绘色的模样，现在我还记得清晰。我们曾约好高考后的暑假一起逃去青岛，拉了钩许了诺，至今我仍放在心里，而你，还记得吗？

我们仅有过的一次争吵，整整闹了半年冷战，互相忍着不去联系，在教室里小心翼翼地不对上视线，在走廊上遇见时也迅速别过头。但期中测验时我最不擅长的地理科卷子被课代表放在讲台上，我不在教室里，你上去第一个找出我的然后悄悄塞进我的抽屉里，那是我考得最差的一次，只有二十七分。后来我托人转交给你一份喜欢的CD。之后我们的关系比以前更好。我们去校园拐角处的自动贩售机那里拍大头贴，打印两份，一份给你，一份给我，然后一起埋着头选出最满意的一张贴在手机上，死死地摁紧周边，生怕一不小心照片就会掉。

我总是想起你。

开心的时候，难过的时候，寂寞的时候，想要分享的时候，任何微小的细节也让我想起你。想起我们躲在被子里讲到发烫的电话，想起我们买两份可以交换吃的甜品，想起你笑起来悦耳的声音，想起你在视频里一直用来擦头发的紫色毛巾。我们曾牵过的手，铸成了那一段时光里的中心点，我的世界被定格在那里，绕来绕去也未有远离，而你，已经去往下一段人生里。我掉在了后面，没办法再和你牵手前行，只好努力追寻着你的脚步，可是我好笨，拼尽力气也追不上你。

就这样越来越远。

书上说：“只有极少数的人才会察觉，那生命里最深处的源泉永远不会停歇。这世间并没有分离与衰老的命运。只有肯爱与不肯去爱的心。”

所以，那些留不住的，是不想留吗？

我不明白。

05

到目前为止的最后一次见面，是你为了毕业论文在找一本书籍，你说在网上查到我们学校的图书馆有，所以向我借我的借阅证用。你过来的那天天空阴沉沉的，借完书后我们去了附近的饭店吃饭，你说你的男朋友去了北京，论文写完后你也会过去。

我说哦，这样啊。

送你回去时，天空飘起了小雨，我才知道即使你在，也是会有雨天的。

后来图书馆打电话来催了一次两次三次，那本书你却一直忘记拿来还我。而你现在去了北京，那本书被你放在了哪里？是随身带走还是丢在了学校的某个角落，我不知道。

中学时你喜欢某个偶像组合，花了很多钱去买他们的CD和周边，因为成绩下降被母亲责怪，你悄悄把收藏了你的宝贝的箱子托我保管，风声过了才要回去。

你的室友说：“你去车站吧，你放在她那里的东西亲自找她还给你。”

我寄放在你那里的“宝贝”恐怕早已不在，是时间弄丢的，我们都无能为力。你还能还我什么呢？

天下没有不散的筵席，即使我们坐在最近的位置，爱着相同的食物，分享着喜悦与不喜悦的心情，却仍旧有席散的一天。从很远的地方相遇在这里，再从这里回到很远的地方去。但也只能这样了吧，在憧憬山顶的时候，可以咬牙切齿拼尽全力向前，日出虽美，却只有一瞬，等到转身时只好走上往下的回路。在最幸福的时候，也会留下泪水。就这样跌跌撞撞向前，一次次峰回路转、再一次次分道扬镳，分离成为另一种不永恒的永恒。

我想起之前在杂志上看到有关猛犸象灭绝的评论，里面写道：“这是大自然的淘汰规律，并非对猛犸象不公平。”是哦——只是“规律”，而非“不公平”。

无论如何，我们曾一起度过的美好时光，我会全部记得，尽管以后将漠然地无止境分离再分离。那些在年华中褪去的色彩，无论现在如何涂抹，也回不到原来的鲜亮，而那一段回忆渐渐和天空一样遥远的青春，大概会在某个夜晚存在于微微酣甜的梦境里。

从乐观的角度去想，这些全部已然是我贫瘠生命里的美丽恩赐。

如果想要见面，有一天我们一定会再见的。

哎，你说是吗？

花期循环

I also want to fall
In love
With you
For a lifetime

恋人之间问题可大可小，“不能解决”更多是“不想解决”。

你疲惫了，我只好假装厌倦。

和你在一起之后，我总觉得你太好，好到让我忘记自己也不差。

01

时间后退的路只有一条，往前延伸的却有无数条。

——哎，你有没有发现？

我们曾经渴望的一切仍旧遥远，而连想也不愿的事，后来变成了现实。

02

时间是晚上九点四十五分，便利店内客人很少，我用右手撑着下巴站在收银台前，片刻的空闲眼皮就垂下去。置身于收银台的女生视线晃到落地窗外熟悉的身影时，身体僵住，眼睛慢慢睁大。

暮色与虹灯交错，穿着宽松黑色连帽外套的你站在其中。

只是远远地注意到你的视线，我已慌乱。

等不及十点下班，蹩脚地捂住肚子跟前辈打过招呼后，不顾对方黑脸马上跑了出来。气喘吁吁跑到你面前时，四月的风在耳边绕成柔软的触音划过。

——不是说不要见面了吗？

——干吗跑来找我，厚脸皮。

——我还在生气，不解释清楚绝对不搭理你。

——完全不想搭理你！

可是……

一看到你的脸，那些预想好的愤怒全失去了剧本，我仓促蹩脚地站在舞台中央，世界沉寂了，一句质问也说不出来。你是我的死穴。在一起几年争吵又和好，流泪又欢笑，每一次闹矛盾后，只要你重新站在我面前用怜爱的目光看着我，我就变成软塌塌的布偶，呆呆地任你摆弄。

“冷吗？”我问你。

“对不起。”你轻声说。

“我相信你，不闹了。”

三月花开正好，再生气就错过了。我早就想好。

可是这一次等来的不是你把我拥入怀抱，不是你宠溺地揉揉我的头发，不是你轻轻地允诺“以后都不吵架了”。

等来的是你又说一遍的“对不起”。

你仍旧站在离我一步的距离，安静地看着我，我抬头，读懂了你欲言又止的目光。

心被突然划了一刀。

垂在裙摆前的手十指交叉叠在一起，变成一块错杂偌大的姜，如此牢固地凝在一起，指腹那侧因为用力过多血液积涌而通红。

想伸手抓住你衣角的力气被风吹散了。

03

我本不是懦弱的人。

讨厌麻烦讨厌复杂讨厌没完没了，虽不是壮志豪情，也拼命努力一心往前。

所有患得患失全是为你。

我一直功课很好，初中也是以年级第一的成绩毕业，长得不差，在学校里一直很受宠，但这一切在高中开学不到一周时破灭了。原因是一班那个叫陈琪的女生。

入学成绩我年级第二，她年级第一，往前追溯一点，她曾拿过英语竞赛全国一等奖。

我抱着作业去办公室时听到连我班主任在内的老师们都在夸奖："一班的陈琪真是厉害，门门接近满分就算了，还长得特别好看。我们班的夏静衫？当然也是很努力很优秀的学生，不过比较起来陈琪天分更高一些。"

连在洗手间里也全是关于她。"一班的陈琪刚入学就收到一堆告白信哦！脑子聪明就算了，听说性格特别温柔！完美！"

即使我刻意不想去听那些传闻，但也知道那个叫陈琪的人方方面面碾压了我。这让我很不爽，更重要的是憋屈，我急于表现并不比陈琪差，但苦于刚入学没有办法入手，焦灼得不得了。连我最要好的朋友小月也跟我喋喋不休讨论陈琪多么厉害时，我垮下脸打断她的话。虽然小月纠正是"陈旗"，不是"陈琪"，对方其实是男生时，我仍旧没得到多大安慰。

戳痛我的不是陈旗是男生还是女生，而是对方"天分很高"，我“很努力”。输在永远赢不了的起跑线。原本未有交集的人，却因为对方太过闪耀而变成我心底的一根刺。

你瞧，一直顺利长大的我，是如此敏感而又小心眼的人。

期中考试陈旗以甩开我十七分的成绩继续第一，我早早得知，于是缺席了班会课，假装肚子痛去跑去图书馆学习。我很喜欢学校的阅览室，大大的落地窗外是绿色的树和草坪，将人行路隔开一些距离，隔开了喧嚣却带着人气。

靠窗的位置已经坐着一个男生，我拿着书坐到旁边，没好意思看他的脸，只注意到他翻书的手很好看，我不是花痴，但隔了一会儿不自觉又看一眼。

结果那天出了事故。

大概在我坐下二十分钟之后，玻璃窗外有身影跌落，我还未回神，就被涌来的尖叫声刺痛了耳膜。人群骚动，我位置优越，木讷地跟着望向窗外时看到了触目惊心的一幕。有人趴在草坪中央，蔓延的血迹将绿色染成红色。

脑袋“嘭”地炸开。

我失去意识，受刺激过度无法逃走甚至无法闭上眼睛，胃里翻江倒海，干呕得很厉害。不知道该怎么办时，旁边的男生蹲到我面前，遮挡了窗外的一切。下一秒他伸手抓住我的肩，以差不多拥抱的力度把我带了出去。

学校的长廊里，男生去给我买了水回来，一言不发只是坐在旁边轻轻拍我的背。那天的具体细节不是忘记，而是整个过程原本稀里糊涂。只记得最后被送回家时天已经暗下来，我情绪慢慢稳定，在门口告别时才终于看清对方的脸。干干净净的，给人阳光清爽的感觉。比我高出很多的他稍微向前倾着头，做出听我讲话的温柔姿态，和他视线相遇时我的心被撞击了一下，一圈圈漾开的全是心动。

“回家泡个热水澡喝杯牛奶，什么都不要想，好好睡一觉。”他说。

我颤抖着声音说了句谢谢，原想矜持，又怕再也见不到，于是问了对方名字。

“我以为你很讨厌我。原本还想问问哪里惹到你，看来都是谣言，你根本不认识我啊。”他似乎松了口气的样子。

“嗯？”

“二班的夏静衫最讨厌陈旗，大家都那样说的。”

“你是……”我慢掉一拍。

——这是我第一次遇见你的场景。

只是听说你的名字就讨厌了你。

还不知道你的名字就喜欢了你。

知道你是陈旗后，因为那点喜欢又愈发讨厌你。

遇见你以后，那些别扭的、不愿惊扰的、不甘又动了心的，全是少女情怀。

04

高三的学姐因为家庭问题和学习压力大，在校外交往的男朋友得知对方怀孕后果断提出分手，数次挽留不得还被曾深爱的人撕破脸冷嘲热讽，回学校后被人暗中举报到教务处，正需杀鸡儆猴的教导主任以行为不检下达了留校察看的处分。学姐受不了刺激从学校的图书馆顶楼一跃而下。

我病了一周，这些事是回学校后才得知的。

并非绝境，击溃人心的总是感情。

那之后我再也没去过图书馆，即使去附近的礼堂参加活动也总是绕很远的路过去。

我重回学校那天，你到二班的教室把那天在图书馆落下的书还我。

周围的人都看着呢，我别扭地和你站在一起。你好像无所谓，问我身体好了吗？我点点头，尴尬地对你说谢谢。回到座位以后懊恼自己不近人情的表现，你大概觉得我是那种不知好歹的女生吧？虽然这样想着，当小月好奇地过来八卦我们怎么关系这么好时，我又满不在乎地说了一句“不熟”。

我一点也不想喜欢你。

一点也不想变成那些花痴你的女生中的一个，一点也不想这样完完全全彻彻底底地输给你。我要考第一，去最好的大学，遇见最好的人，拥有最喜欢的未来。怎么能和那些只会讨论化妆品和八卦的女生一样被你迷得晕头转向呢？

我不能接受那样的自己。

班级虽然相邻，但说见不到就真的见不到，之后各回轨道怕难再有交集。这样想时我一边觉得庆幸，一边有点伤感。

该说事与愿违还是天意弄人呢，高二文理分班，我们竟然变成了同桌。你还是第一，我还是万年第二。简直孽缘。

但是自那之后，整个高中生活变得不同了。一点点熟悉起来好像是顺理成章的事，在分组时自然地分在一起成为最强组合，参加活动自然地问一句“那你去吗”，班级聚会时你旁边的位置自然地留给我，新年发短信时自然地第一个发给你，考试结束后也更自然地关心对方的成绩。

我们一起去很多地方学习，食堂、办公室、咖啡厅，讨论英语发音问题、讨论数学的某道答题其实有更简单的解法，讨论教导主任的口头禅，偶尔也讨论班上某某和某某某的八卦。有时我暗暗较劲要比你更快找到题目的解决办法，扬扬得意向你卖弄时，你总是笑着夸我聪明，等考试时又比我高出几分。

“每次都考第一是什么感受？空气更清新吗？吃饭更香甜吗？”我忍不住揶揄你。

“你下次要试试看吗？”

“不要！”我真怕你会让着我，加强语气补充，“我要光明正大考过你，绝对不要让着我！”

“好。”

是对手也是朋友。

之后每次测验成绩下来，你会请我吃甜品安抚我受伤的心灵。

第二次全市诊断性考试，我甩出第三名二十多分，你依旧比我高七分。

“我好像永远也考不过你了，真的。”

“那也要加油，乖乖跟在我后面。”你表情认真地看着我，“因为你，我才一直往前的。”

这样的话是蜜糖，甜到心尖，我却禁止自己多想。点到为止，我们这样保持着微妙的距离。

真正的你比传言中更好。温柔，聪明，独立，为别人着想，因此来往后越发觉得你帅气。假期一个人计划好所有去国外旅行，国外学生来访时你流利的英语让教导主任觉得有面子大为赞赏，你清楚以后要去哪所学校哪个专业，给人的感觉是脑子里装满了知识，只要是你讲的话就充满了信服力。你擅长很多却不骄傲，没有十七八岁少年的戾气，有家教，微笑皱眉都拿捏得恰好。

你现在闪闪发光，将来也会。

对于少女来说，你满足了所有幻想，没有理由不喜欢你。

于是我告诉自己不能陷入其中，不可以斟酌你的只言片语，不可以计较你对我与别人的态度差异，不可以贪恋你的温柔。这样才能长久留在你身边，不会丢了你。

我越在意你，就越懂得克制。

不管怎么样，对你的那些嫉妒早已不知所踪，每次组合做课题作业，当其他人用羡慕的目光看着我们时，我心里全是满足全是骄傲。

这些回忆到现在还很清晰，好像发生在昨天。

你无须记，而我不能忘。

05

我是骄傲又自尊强的人。

小学三年级的时候，新年去姥姥家团年，一大家人聚在一起，国外回来的叔叔给所有小孩带了礼物，我得到一只兔子布偶，因为特别可爱被小表妹眼泪鼻涕地威胁给她，我总是让着她，却讨厌她每次都用这种手段抢我的东西，那天倔脾气上来偏不给，一怒之下把她推倒了。因为那一推，兔子也就给出去了。吃饭时她抱着兔子冲我得意扬扬地笑，饭毕却觉得无聊了还我。“不要。”回家后我扔在角落里，从没玩过。

我妈总跟我说：“别总死撑，最后吃亏的还不是你。”

掉了牙的伤口流着血，我能笑着吞下去。

比起哭着换来爱怜，我讨厌变得难看。

所以，总被抢走东西的是我，被指责的也是我。都是我活该。

我曾以为你是理解我的，却是我错了。

这次冷战是我们最长久的一次。原因是知道你有女朋友还对你穷追不舍的经管系系花要申请和你一起去日本交换半年的名额。名额一共两个，你之前去参加过相关活动，早早内定，通知发下来后你曾问我要不要一起去。

“我哪有心思再学一门日语，不要不要。”我果断拒绝了。其实那天我想对你说我最近家里的烦心事，见你苦笑了下，自尊作祟又没说。

之后我觉得可能让你受伤了，想解释，但你总是很冷淡，我自然也提不起神。就这样过了两周，系花以寻求经验为由一直跟你联系，冠冕堂皇醉翁之意不在酒，我自己放弃申请，让你不搭理她会显得我特别小气，只好气在心里，看你好像忙得不亦乐乎心倒有些凉。

约好去买东西你却迟到十五分钟，我不介意等你，但介意你用这十五分钟帮系花修改申请书格式。打电话给你时，我不愿生气，故作大度：“不用管我，你们之后估计还有别的要忙，别显得我小心眼，你慢慢来。”

你竟然说：“好。”

之后几天你没有联系我，我也是。

现在你到我打工的地方接我，我以为你会给我拥抱，你却说对不起。

我觉得自己心快疼死了，你却站在夜色里问我：“静衫，你真的喜欢我吗？”

你脾气好，我骄傲，每次有了矛盾外人不问缘由总是让我原谅你。你小心翼翼包容我，我总是罪魁祸首。没错，在一起的几年，为了小事发脾气的是我，先不搭理对方的是我，但最先心软的是我，只要你一来找我就马上跑向你的也是我……

恋人之间问题可大可小，“不能解决”更多是“不想解决”。

你疲惫了，我只好假装厌倦。

一直跟在你身后也没关系，却怕你讨厌我。

和你在一起之后，我总觉得你太好，好到让我忘记自己也不差。自尊不愿承认，只好压抑卑微变成骄傲，不可一世，爱不爱你都是分分钟的事。

其实任何风吹草动都让我条件反射地想要逃跑。

虽然爱你，仍怕自己受伤。

高三那年平安夜，我们一起去买晚会的准备用品。

从商场里提着几只大袋子出来时，天空飘着小雪，你负责了所有重量，而我举着伞跟在你旁边。雪融化后路很滑，去往车站的路上我差点摔倒，踉跄几步后才稳住身体，觉得丢脸而满脸通红。你将袋子换到另一只手里，空出的一只手牵着我继续走。你的手很大很暖，那一瞬间我竟有如愿以偿的安心。

整个过程特别自然，自然到我忘了原本该拒绝。

——是的，我们不能牵手走在一起。当时的你是有女朋友的，艺术班的班花。你们没有公开恋情，也未被目击过逾矩行为，但整个高三年级里彼此心照不宣。

听说你们去食堂吃饭了，听说你们乘电车回家了，听说你们怎么怎么了……

全是“听说”。

有几次打电话说完作业后，也曾聊过你那些前女友的事，话题到此为止。我们默契地不聊现在的种种，我从不问，你也从不提。这样就很好，人有时候知道越多越难放弃。

那天晚上你打电话问我之后的自主招生报名截止时间。

我想了很久，终于打算问你：“我听说……”

——听说你和艺术班的××在交往，是真的吗？

“你说。”当时你已经做出回答我一切提问的准备了吧？

“算了，只是无关紧要的小事。”

问不出口。或者说，不敢问。

圣诞活动在班级内部举行，桌子围成圈，中间空出来表演。我和小月坐在一起，你从办公室回来后习惯性找我，旁边已经没有空位，你坐到了对面。我心事重重，活动结束后和小月一起回家，她说活动时你一直在看我，我没有搭理你，你好像有点受伤。

她问我：“你们怎么了？有什么矛盾就好好解决嘛。”

怎么了？我们能怎么呢？

明明就是因为不能怎么才没办法解决啊。

那时候我对我们的关系很无力的，也做不出抢人家男朋友的事，自那之后远离你，先以视力不好为由请求坐到曾最讨厌的第一排去，吃饭做课题也变成了和小月一组。人与人之间的感情需要无数细节堆积，变冷却不费吹灰之力。你就这样淡出我的生活。

我们本就没什么，高三越往后越关注自己也是特别正常的事，在大家眼里我们只不过变回了竞争对手，不来往也是情理之中。

不能被笑话，不能制造出我是受了伤才远离你的景象，更重要的是，不能有时间空出去想你。我只好拼命学习，不留空隙。第三次诊断考试我终于如愿考到第一，第二却不是你，第三也不是。我的视线在排名表上滑到第十几行，才终于找到你。

他们说艺术班的班花要出国留学，你们肯定不能在一起了，所以受伤无心学习。

达成夙愿的欣喜瞬间浇灭，我气不打一处来，只差冲到你面前敲打你的脑袋质问你怎么不分轻重堕落。

从办公室退出来时在走廊遇到你，能预料你是被唤来挨训的。走廊上没有其他人，和你迎面相对时，我格外局促，在意发型在意衣着在意手该放哪里在意什么表情面对你最合适。我焦灼得心里烧出无数小洞洞，而你眼神无力地从我身上掠了过去。

你没有和我打招呼，悄无声息地和我擦肩而过。

我从没那样难过过，真的。

只觉得要失去你了。

——和现在的心情一样。

06

小月说："骄傲的人不适合谈恋爱，你这是活该。"

我不只骄傲，也自私。

除了自私，还理智。

我想过的，你喜欢我的理由是什么呢？

你越来越清楚我的种种恶习和矫揉造作，包容都有期限，而我越爱你越对自己失去信心。大学以及大学以后，毕竟和中学时代不同，除了成绩还要看背景家事种种，你是全优生，而我不是。人到中年的洒脱父母说离婚就离婚，只是通知我回去吃"散伙饭"，已经成年的我没有理由干涉他们的人生，只好收起大小姐的所有习性去拼命打工。

过去喜欢你的是班花，现在喜欢你的是系花，将来对你穷追不舍的是更漂亮更优秀的女生。

我现在开始担心学费，将来担心就业，到了中年担心对你失去吸引力，会变得越来越乏味。

交换留学虽然公费但仍旧会花一大笔钱，我不是不想和你一起，而是去不了。

我没有自卑，只是担心不能帮你变成更好的人。

努力追赶你的脚步，我怕自己迟早有心无力。

而这些，聪明如你，比我更清楚吧？

所以，以前为了"在一起"而选择和我同一所大学同一个专业的你，为了陪我而改变早睡习惯熬夜的你，为了我高兴努力吃辣的你，终于开始选择更好的路。在我不愿申请交换时你没有考虑过放弃。虽然性格温柔，但怕我不高兴而不搭理其他女生的你，终于也能笑着帮系花耐心修改材料。终于在我退缩时，你也开始考虑谁爱谁更多这种问题。

——并不是吵吵嘴冷冷战的问题。

——我们内心最深处考虑的，是未来有关的事。

——而那些细枝末节的种种，都是重要线索不是吗？

与其担心随时会失去你，不如彻底失去算了！

患得患失的自己，明明小气又装大度的自己，喜欢你而变得卑微的自己，我很讨厌。不过就是失恋而已，该吃吃该喝喝，过一阵伤口就会愈合。

没什么大不了，没什么大不了，没什么大不了。重要的事说三遍。

可是。

和你去过的图书馆不能去了。

和你去过的食堂不能去了。

和你去过的咖啡厅不能去了。

和你去过的电影院不能去了。

和你去过的地方全都不能去了，去了心里全是你，什么都做不了。学校这么大，竟全是你的痕迹，我只好躲开远远的。

变成愚蠢的鸵鸟。

07

三月末，学校公布了交换生名额。

是你和系花。

周围的人等着看好戏，我却早早偃旗息鼓，至少做到毫不在意地从张贴栏前经过。走到没人的楼梯口时马上泄了气，走神时一脚踩空差点滚下去，命大抓住了扶手却听到右脚踝“咔”扭到的声音。

我痛得看不清楚眼前的路，却依旧分辨出外面路上你的身影。

大一的元旦通宵游园祭，忙完学生会工作的你出来找我。事先说到时联系，结果洗手时手机从口袋里掉进水池。在喧嚣的人群里，我们互相搜索对方，我一眼就看到你。不是因为你高，不是因为你穿了什么特别的服装，只因为是你，在我眼里就和全世界其他人千差万别。

一眼就能认出你。

当时得意地跑到你面前的我，现在却克制自己不叫出你的名字。你和系花走在一起，你高她瘦，看起来非常登对。你肩膀上沾了樱花瓣吗？她笑着伸手给你拿走，你也笑了笑，应该用温柔的声音说了一句谢谢吧。

——你居然笑得出来。

我气炸了，脚痛得眼泪快掉出来了。

那天晚上我做了一个梦，地点竟然是日本。

大概是正月的浅草寺。和服少女们迈着碎步从身边经过，虹光里小孩子对着镜头摆出剪刀手的姿势。

祭典还在热闹地继续。

米酒喝到一半时身边没有你的气息，匆匆放下一枚硬币追出来。前方不远处，只望见你穿着白衬衣的高高瘦瘦的背影。

耳边沸腾着音乐和嬉笑声里，我抬了抬手，试着叫你的名字。

你走向人群深处，没有回头。

——你真的要走了。

醒来后我也哭了好久，把手机扔得远远的，忍住不给你打电话。

还好脚只是普通扭伤，肿了两天痛了一周。

我不想去上课，但打工的地方不想再因为请假而被前辈黑脸。收拾东西去晚班，查看时间时手贱翻了翻来电记录，我们已经九天没联系。神经又断开。稀里糊涂刷牙时把洗面奶当成牙膏，洗脸时又把牙膏当成洗面奶，化妆时忘记拍保湿水，用化妆棉沾了BB霜，换贴脚上的膏药总歪，来来回回扯好几次只好再换新的，泡茶的时候又愚蠢地直接用手去端锅，烫得缩手水又洒了一地，临近出门才发现手机充电器根本没有插进插座里，我在房间里团团乱转，快要迟到才赶去车站。

刷卡出去时才发现包的拉链大开，除了一直拿在手里的手机，钱包之类的早已不见踪迹。

甚至连补票出车站的钱都没有。

我几乎精神崩溃了。

不能再计较种种，利用剩余的电量给你打电话，听到你声音时“哇”地大哭起来。

你马上赶来，一如高一那年从事故现场带我离开。

我委屈到死，喋喋不休词不达意指责你不理解我，不喜欢我，不在乎我的感受，指责你抛弃我跑去别的国家，还跟别的女生一起去，指责我脚受伤疼死了你正对别的女生笑……

一股脑儿地，把哀怨全抛给你。

我哭得厉害，你却笑起来。

“陈旗你什么意思？！”我真的炸掉了。

“没什么，就是觉得不理智的你也很可爱。”

我是被谁逼疯掉的？你还有脸说？

扶我回去的路上，夜风微凉，你没有脱下外套给我，而是直接把我裹了进去，然后停住笑问我：“你还记得我们高三冷战小半年的事吗？”

08

走廊上我们擦肩而过的那天晚上，我给你打了电话。

小心翼翼两句后就开始质问你成绩下降那么多怎么回事。

“被甩就被甩，至于不思进取堕落吗？这一点都不像你。”

“但莫名其妙搞不清楚状况，不得不想。”

“那就去问清楚啊，你这样算怎么回事，我实在看不下去了！”

“你在生什么气？”你不解，“让我莫名其妙的不是你吗？”

——什么意思？！

“突然不跟我说话，不和我同桌，甚至不跟我视线交会。那天晚上牵你手是我不对，可是你至少给我一个道歉的机会。”

“你在说什么？”我脑子里空白一片，“你不是被艺术班的班花甩了吗？”

“我跟她是青梅竹马好朋友。”你顿了顿，“把我甩掉的人，是你。”

我买了一张彩票，怕失望所以不敢期望中奖，扔在角落里不去管它，搞错期数误以为真的变成废票时又满心不甘懊恼。真的中了大奖时却又不敢相信。

那些矛盾复杂的心情，终究抑制不住巨大幸福的心情……

——到死都记得。

——我以为忘记的是你。

风大了一些，快下雨了。

街上的人加快了脚步，我们却不着急。在你身边才是安心感，管它刮风还是下雨。能这样走下去就挺好的。

“是另一件事。”你纠正我。

嗯？

——我突然想起来。

高三填完志愿的那天下午，你牵起我的手从学校里大摇大摆地逛了一圈，遇到认识的同学也不肯放开，惹来一阵阵尖叫。

“太招眼了。”我红着脸想挣脱你。

当时的你没有放手。

“你总是想太多，我有时觉得你很近有时又觉得你离我很远，抓不住你。”此刻的你继续牵着我的手，“以后都不会放开你的手，不然你又傻乎乎一个人跑走了。”

原来搞错重点的是我。

“你跑得很快，我怕跟不上。”我很沮丧。

“我不是为了甩掉你才跑那么快，是为了给你带路才走在前面。”

四月的雨落下来。

先是一颗一颗，落入发间，在头皮间沁出一小片凉意，继而变成连续的点，密集声由远及近，在耳膜里振聋发聩。

“静衫，好的未来不是大房子好工作有很多存款，而是你在。”我听到你温柔的声音，“以后的事就交给我来考虑吧。”

银色的线条在路灯暖黄的光照里像一场急促的流星雨。

把视线抹花得一塌糊涂。

09

虽然和好了，最终还是错过了最好的花期。

“春天过后花就谢了。”我有些惋惜。

“明年还会再开的啊笨蛋。”

“可是，那时候我们还在一起吗？”

“我倒想问问看。”你止了脚步，郑重地看我，“你告诉我，我们不在一起的理由。”

也是。

往后还会一起遇见很多很多春天。

我笑着扑到你怀里。

夏 沉

I also want to fall
In love
With you
For a lifetime

这个世界上有个最最最笨的公主。

为了她的微笑，最爱她的人用谎言为她编织了一个美丽的梦。

他多么希望她微笑着醒来。

01

那年夏天的雨水频繁，老化的窗户随时会被狂风折断似的，发出“吱呀”“吱呀”的沉重哀叹。垂落的树枝来回晃荡，房顶的瓦片被噼噼啪啪刮走一大片。

隐隐约约听到父亲骂骂咧咧地打开大门出去了，那一瞬间风雨声鱼贯而入，耳边顿时吵个不停，仔细听却也听不出什么来。晚上雨还不停的话，床上又要被几个接水的盆子占满，整晚没办法好好入睡了。这样一想，眼皮愈发沉重起来。

“知夏，知夏……”门外传来母亲怯怯的声音。

沉浸在梦魇里的女生却没办法回答。知夏正满头大汗地置身于光怪陆离的世界，大约是墨蓝色的海中央，四周被灰白色的烟雾缭绕，雨水还在不断落下来，打在裸露的皮肤上发出细细碎碎的痛。海水涨起来，只觉得脚下是空的，身体正一点点下沉。知夏挥着手却什么也抓不住，想大声求救，全世界似乎只剩下她一个人，那点微弱的求救很快被烟雾和海水吞噬了。知夏停止所有动作，慢慢地闭上了眼睛。

那年夏天，知夏一闭上眼便陷入同一个梦魇。起初惊慌挣扎痛苦绝望，渐渐却适应下来，甚至有了安心的感觉。

——无论被怎样的绝望无助吞噬千万遍，如果能填补我日渐空虚腐烂的灵魂，请让我就此沉没……

02

这个世界上速度最快的，不是光不是雨也不是飞鸟，而是流言。

章一回到学校时，消息已经传得沸沸扬扬。

“去办公室的时候听老师们说，高三（一）班的知树学长不在了。”

“不在了？什么意思？”

“你白痴啊！不在当然就是不在的意思！”快要哭出来的委屈。

“死了？不会吧？！”对方受惊似的弹开好远，然后很快又凑回来，“哎我说，你暗恋知树学长三年了吧？”

“所以人家快难过死了啊……”

“好可怜，来抱抱……”

还想听更多，靠近时两个女生却警惕地看了过来，章一只好尴尬地转身。男生做出偷听之类的举动，总是招人反感的。

好在这并不是需要偷听才能知道的事。在楼梯口感到身后有人像风一样刮过来，下一秒有手搭在了男生的肩上。章一身体一僵，拉开一些距离。回头时看到一张熟悉的褶皱的笑脸。是同班的阿森。不等章一询问，对方已经摆出一副“你听说了没”的架势。

“好像是淹死的吧。”阿森厚脸皮地环抱住章一的脖子，直到看到他黑下来的脸才满足地放手，“章一还是那么不喜欢跟人亲近呢！”

“知道还……”

“这样窘迫的样子最可爱了嘛，哈哈。”分明是在调戏了。不等章一生气，接着又严肃起来，“头脑超好，听说会被保送Q大呢，这样死了挺可惜的。啊对了，之前不是还拿过游泳竞赛的奖吗，怎么会被淹死呢，总觉得好逊……重点是……”

“哎？”章一认真地看着他，等待更重磅的炸弹抛过来。

“……章一的皮肤比女生还光滑耶！”

什么乱七八糟的。

好不容易摆脱阿森，经过高一的楼层时，章一忍不住折了远路去往走廊那头的教室。午休时间，高一（三）班的教室内吵吵闹闹，章一假装不经意地扫了一眼最后一排靠窗的位置。

桌面空空的。知夏不在。

大约一年前，章一升入神川中学的高中部，因为中考成绩优异，人又看起来很温顺，所以开学时被任命为班长。一个月后轮到班级值日，章一带着值日生的袖章，拿着记录本在校园里巡逻，经过操场附近的围墙时发现了异常。

先是一只颜色花花绿绿的包从墙外扔了进来，章一停住脚步抬头看过去，只见一双白皙的小手出现在墙沿上，紧接着一颗脑袋冒了出来，还没等男生反应过来，那边已经整个人翻了过来。来不及躲避，两人撞到一起齐齐向后倒去。莫名其妙被袭击，被对方毫不客气地压在身下时，章一只觉得胸腔的几根肋骨快断裂了。

结果当对方从自己身上爬下去时，两膝又结结实实地碾过章一的大腿……简直快疯掉了。

好脾气的男生从来没有那样气急败坏过，甚至产生了把那人狠狠揍上一顿的念头，但勉强坐起身来看清楚对方的脸后，胸腔里那股磅礴的怒气顿时烟消云散了。

黑色齐刘海儿，后面的马尾乱糟糟地垂下来一半，眼睛不是很大，却圆圆的亮晶晶的，鼻子有些塌，嘴巴也是小小的，嘴唇倒是很丰满的样子，她坐在自己两三步远的地方，身上穿着的深棕色背带裤和绿色娃娃领T恤沾到了不少泥土，整个人瘫坐在地时缩成小小的一团，似乎只要她愿意，可以随时消失在人们视线里似的。和自己一样，女生也正用目光打量着章一。

那是章一第一次见到知夏，以乱糟糟的甚至有些生气的方式。

客观来讲，知夏除了皮肤还算白皙，并不是第一眼让人惊艳的类型。不算漂亮，也不温柔，圆圆亮亮的眼睛和迷迷糊糊的表情让她像一棵野草似的具有旺盛的生命力……但她好像具备某种力量，牢牢吸引住了章一的目光。

那算一见钟情吗？不，应该不是。章一并没有心跳加速的感觉，但的的确确望着知夏发了好久的呆。

“好帅！”

走神的章一迷迷糊糊听到女生兴奋地靠近过来，和想象中差不多的清脆嗓音。对方伸手过来抓住自己的胳膊时，章一顿时红着脸后退一步，意识到女生的眼睛里不是自己的脸，而是他身上的制服后，脸更烫了。

“这是神川中学的新制服吧？好帅呢！”满脸憧憬的样子。

哎？不是神川中学的学生吗？那——

“我哥哥在这个学校哦，很出名很出名的。”女生眼睛转了转，得意的笑容更深些，“我喜欢的男生今年也升入这里了呢，大家都好厉害，不过没关系，明年的这时候我也会考进来的啦！”

“……哦。”

“刚才没有砸到你吧？”围着男生转一圈，见他点头确认后松下口气，于是拍拍章一的肩膀，一副成熟的口吻，“以后不要靠近围墙这样危险的地方了，保不准下次被谁砸死，那可就惨了，以后要注意哦！”

“……哦。”

女生低头看了看腕表，自言自语了一句“糟了，赶不上约定时间了！”然后迅速从地上捡起包背在身上，急急忙忙朝教学楼的方向跑去。直到女生的身影消失在视线里，章一才回过神来……刚刚有可疑人物混入了神川中学？

“应该报告给学校的保安吧？”一边这样想着一边弯腰捡起记录本。

——还是算了。男生的嘴角漾起，形成一个浅浅的笑。

一年后的开学典礼上，在密密麻麻的新生里，章一果然看到了她。曾经憧憬的制服如愿穿在身上，女生却心不在焉地站在人群里，脚尖在地上划着圈，眼睛往高二的方向看着，似乎在找谁。这时身边的人拍拍她的肩膀，她才转过身去说话，脸上很快被笑容填满，是个很容易笑起来的人。

稍微打听一些，比想象中更容易知道了她的名字。知夏，高一（三）班。几乎每个说起她的人都会加上一句“她哥哥就是高三（一）班的知树呢，年级第一的那个天才知树哦！”年级第一或者天才的妹妹什么的，章一才不关心，想知道的只是她的名字。几天以后在走廊上遇见，章一几乎没有多想地上前打招呼，与之相反，女生回以茫然的目光。虽然几秒后笑着说了“啊哈哈，是你啊……”只是热情善良而已，章一知道她并没有想起自己。

后来因为有同一个英语老师，以及都是英语课代表的身份，偶尔在办公室遇见会一起出来，随意说上几句然后在楼梯口分开，而那几句里大多是“最近有和远野踢球吗？”远野是知夏曾经说过的“喜欢的男生”。

说到底，直到现在，两人也只是“认识”的交情。虽然很担心，但自己的安慰根本起不到什么作用吧。

章一在高一（三）班的门口站了一会儿，接着转身上了楼。

“虽然失去了哥哥……但知夏那样的女生，一定可以坚强面对。”当时的章一，抱着这样的想法。

可是第二天、第三天、一周过后……知夏的座位依旧空空的。

03

知夏那样的女生……

大多数人的第一反应是“知树的妹妹”，然后“啊，超级迷恋远野的女生”，最后“和哥哥不太一样呢，完全不像两兄妹，普普通通嘛，总之根本让人记不住的那一类……遗传基因真是不可靠啊！”

是，遗传基因也许不可靠，但“不可靠”的才不是自己，是哥哥。

嗓门大虚荣心强的父亲和胆小怯懦的母亲，哪有什么优良的遗传基因可言，却也生出了知树那样头脑和长相全部一等一好的儿子。很小就显示出与众不同，同龄孩子还不会说话时，知树已经有了可以与人交谈的逻辑能力，进入学校后更将别人远远甩在身后，小学、初中、高中，从来都是第一名，个子也很快长到一米八以上，长手长脚，擅长运动，连游泳比赛也获了奖……

所有人都喜欢闪闪发光的知树。光芒太强的地方，影子也很长。但知夏从没有因为有这样的哥哥自卑难过过……硬要说起来，只有过一次。

小学三年级的期末考试，知夏很努力很努力地复习，结果也只考到班级中下游的成绩，老师有意无意地一句“知树真的是你哥哥吗？”让知夏第一次明白什么叫伤心。也怕回家挨骂，放学后知夏独自在河边晃荡，时间越晚越不敢回去，直到天完全黑下去，两岸的灯稀稀拉拉亮起来，河堤上只剩下她一个人。神川流传着河里的淹死鬼晚上会出来拉替身的骇人传说，小小的知夏缩紧身子躲在桥墩下，连呼吸也不敢。以为自己会死掉的小女生，这时听到哥哥呼唤自己的声音。那一瞬间，快要停止的心脏又鲜活起来。

“是不是谁欺负你了？跟哥哥说。”知树在她身边坐下来。

知夏不说话。

“这么晚一个人在外面很危险，我很担心。”

“考砸了。”隔了好久，知夏小声说。

原来如此，知树笑起来，温柔地把妹妹拥进怀里，“我会好好跟爸爸说，放心跟我回家好了。”

因为坐了太久，知夏的双腿麻痹到站不起来，知树便蹲下身子回过头来笑着看她。就像平时明知道知夏偷懒一样，知树只会笑着蹲下身来，稳稳地背着她往回家的方向走。

“知夏一定饿了吧？等会经过小吃店我们可以去吃你喜欢的荞麦面哦。”

然后去了常常去的店。碗里的热气蒸腾起来，知树将自己碗里的肉菜全夹到女生碗里。

“有点烫，吹一吹再吃。”

知夏垂着脑袋拨弄筷子，吃很少。

“爸爸那边真的没事的，知夏不用担心……”

知夏噙着眼泪摇头，自尊心让她不能哭出来。

“我不想丢哥哥的脸……不想让人知道哥哥有我这样笨的妹妹……”

这才是女生难过的真正原因吗？知树又好气又好笑，伸手刮刮她忍得发红的鼻子：“傻瓜，不要听别人胡说，知夏天真可爱又有活力，是我最喜欢最骄傲的妹妹，永远都是哦！知夏不喜欢的就不要做，无论什么时候都有我保护你。”

“可是……”

“没有可是，别人都说哥哥是天才嘛，天才可是无所不能的。知夏只要快快乐乐长大就好，麻烦什么的都留给哥哥好了。”

女生“哇”地扑进哥哥怀里大哭起来。

从那以后，知夏按照自己的方式傻傻成长，迷糊热情烂漫天真，即使有人背后说她笨蛋也没关系，因为她知道，这个世界上最聪明的那个人永远会对她微笑。

哥哥为她张开了保护的结界。无论微笑或者拥抱，无论天气，无论地点，只要她要，他就毫无保留地给。在那片天空下，她是永远的小公主。

直到遇见远野。

知夏第一次见到远野是初二那年，被班长拖去买圣诞节需要的节日装扮物品，经过台球室外，知夏无意识地往里面看了一眼，然后和正弯腰摆出击球姿势的远野视线撞到一起。他穿着前面有一堆夸张英文字母和骷髅头的黑色宽松T恤，银色十字架从领子里掉出来悬在半空，细碎的刘海儿被汗水泡着，搭在棱角分明的脸上，耳郭上的耳钉在低头时发出夺目的小片光芒，显得男子气息十足。

和知树完全不同的存在，远野是那种坏坏的、没人知道他在想什么的男生，酷酷的个性和好看的眉眼，让他在学校里同样拥有超高的人气。

远野有一双深渊一样狭长的眼。对视那一瞬间，他右嘴角扯出弧度，变成一个无比邪气的笑容。知夏晕乎乎地跌了进来。

傻乎乎的知夏情窦初开，为远野倾覆了青春少女的所有热情。

04

遇见远野后的第二年夏天，知夏变成初三的学生，而远野升入了神川中学的高中部。是看起来不像好学生的人，知夏坐在远野摩托车后座风一样刮过神川的大街小巷时从未想过问他的成绩，原以为两人会升入原来中学的高中部，没想到却在红榜上看到了远野高高在上的名字。知夏顿时压力巨大，可也喜欢极了远野出人意料的巨大反差。

如果不想和远野距离太远，她只能同样考入分数要求极高的神川中学。好在知夏有个神一样的哥哥。初三整整一年，知树每晚都陪着妹妹学习，她所有不懂的地方，他都认真标出来，然后想出好多种解题办法，只为了找到知夏最容易学会的那一种。气温高得要死的晚上，风扇完全抵不上任何用处，兄妹俩坐在院子的看台上吃冰镇西瓜。知夏做了太多题累坏了，撒娇似的躺在哥哥的腿上看星星。知树从不喊热，只是微笑着用破旧的蒲扇给她扇风。

“电力不足呀，才一挡。”知夏摸摸头上的汗水，笑嘻嘻地嘲笑他。

知树永远不会说“那就不要枕在我腿上”或者“给你扇就不要嫌这嫌那”。他只会加大手上的力度，然后像服务员一样好脾气地询问：“客人，现在开到五挡了，感觉好些了吗？”

“很满意。”知夏“咯咯”地笑起来，“给你好评，让老板加薪哦！”

“那真是太感谢了。”知树扇得更卖力起来。

无论数了多少年数过多少次，天上的星星永远数不清。知夏放下手，懒懒地翻个身。

“哥哥，我能考进神川中学吗？同学们私下都说我异想天开呢。”

“说过不要听别人胡说。知夏一定会考进的。”

“也是，因为我有一个天才哥哥嘛，哈哈。”

“小嘴越来越甜了。”知树伸手扯扯知夏的脸蛋。

“全靠哥哥教得好。”知夏也伸长手臂去扯他的脸。

那一年虽然过得很辛苦，不算宽敞的院子里，却留下了兄妹俩无数的笑声。

有时知树也会问关于远野的事。

“迷恋那样的男生可以理解，不过远野并不是很好的人，所以……”

“哥哥不喜欢远野？”难得见他这么严肃地说话。

“算了，小女生的迷恋是一时的。等你明年升入高中，大概已经忘记他了。”知树意味深长地说。

所有汗水没有白流，一年后，知夏从一个成绩平平的学生奇迹考入了神川中学。当时的知夏以为这全是远野给的动力。

作为进步超大的榜样，知夏在入学仪式上被选为新生代表发言，在“多亏我有个天才哥哥”之后，她说的是“远野，我这么做可都是为了你哦！”在学校里惊起不小的波澜。

远野的态度却突然冷淡下来。知夏以为他生气这一年里自己忙着学习没有多余时间陪他，所以一有空就去高二（六）班找他玩，他上体育课或者在操场上踢球时，知夏会趁老师转身板书的瞬间朝他一个劲儿抛飞吻，但远野从来不做回复。知夏想，应该是距离太远，奔跑的远野看不见。倒是高二（一）班的班长，一个叫章一的男生，偶尔会停下脚步看过来。和他不太熟，不过因为两个班英语老师相同，加上他也是学校足球队的一员，偶尔碰到时，知夏会打听一些关于远野前天比赛的消息。

全校的人都知道知夏和远野是一对。所以就算不太熟悉的人，知夏打听远野的消息时也丝毫不觉得难为情。

可是有一天，比赛完后的远野喝了别的女生递过去的水。

然后与两人有关的流言蜚语不断飘进知夏的耳朵。女生和远野一样都是高二的学生，还是级花之类的。说两人初中就是同学，那时候已经很暧昧。知夏不想听那些乱七八糟的话。直到她以为专属于她一个人的摩托车后座上坐着别人。

知夏伸开手臂挡在车前，远野紧急刹车，终于停在了离知夏半步的距离。后座的女生摘下头盔，微卷的亚麻色长发和精致的五官，是传言中那个高二的级花。

“这是什么意思？”知夏问。

远野因为急刹车生气：“你神经病啊，不要命了？！”

“这是什么意思？”知夏又问一遍，“你真的和她在交往？”

“没有。”远野并不认真的口气，“还没到能让我承认是女朋友的地步。”

“那让她下来。”

远野挡住了欲上前拽女生的知夏：“你凭什么？”

“我才是你女朋友！”知夏瞪他。

下一秒，远野却笑起来，一如初见他时的邪气笑容。

他说："我有说过你是我女朋友吗？"

知夏回到家趴在床上哭到失去所有力气，然后晕晕沉沉地睡了过去。

她不知道的是，她哭了多久，知树就在她门外站了多久。

她更不知道的是，温柔得一句重话都没有讲过的、她的天才般完美的哥哥，去跟人狠狠打了一架。

第二天看到他脸上的瘀青时，他微笑着说是晚自习回来时不小心摔到的，被偏爱他的父母心疼地念念叨叨了好久。

因为他从未说过谎话，所以知夏轻易相信了。

05

——这个世界上有个最最最笨的公主。

——为了她的微笑。

——最爱她的人只好用谎言为她编织了一个美丽的梦。

——他多么希望她微笑着醒来。

——他多么希望她微笑着醒来……

是从什么时候开始出了错呢。哥哥。

大雨不停的夜晚，假装听不见母亲敲门的声音。屋顶的缝隙处不断渗雨水进来，床单和棉被被打湿了好大一片。天窗外的闪电把黑夜的心脏击碎。

床尾有漏雨的地方，脚背上不断溅起一朵朵冰凉的雨花。

知夏抱着定格了哥哥温柔笑容的照片躺在床上，再次跌入不断沉没的梦境里。

06

回到学校是在葬礼完后的第三周。

大半认识的人都过来安慰一番，不少知树的暗恋者还抱着知夏痛哭了一场。学校也举办了追悼会，知树的座位上放满了白菊，因为悄悄送来的人太多，座位周围也腾出了一片不小的空地。不只是女生，男生们一说起来也忍不住红了眼眶。

那样好的一个人，说死掉就死掉了。谁都接受不了。

集会上讲现在是涨水季节，大家千万不要下河洗澡，就算是游泳水平很高的人也会出意外……之后的班级例会上，班主任也稍微提及，顾及知夏的情绪已经讲得很少。

“人活着难免遭遇意外，这时我们没有任何办法，只能更加坚强……所以知夏……”

知夏一动不动地坐在座位上，好像灵魂出了窍。

班主任担心地走下讲台，来到女生身边拍拍她的肩膀，轻言细语地叫她：“知夏，虽然大家都很难过，可是既然已经发生，我们……”

“不是的！”知夏突然大叫起来，吓了所有人一跳。

“不是那样！哥哥不是下河洗澡，他不是！他是为了帮我找东西！……全怪我啊！如果不是我任性，他就不会死！不会死！”

女生留下所有惊呆的人，跌跌撞撞从教室里跑出来。抱着练习册在门口偷听的男生与她面对面站在一起，只有一秒停顿，知夏绕过他朝楼下跑去。

得知女生今天返校，章一一直很担心，所以忍不住利用去办公室的机会过来看看，结果却撞见这样震惊的一幕……一时不知如何是好。

知夏的状况很糟，也管不了那么多了，章一把练习册放在地上就追了上去。但出教学楼跑了一圈，也没看到知夏的身影。

他追不上她。

也找不到她。

两个月前，章一在巷口看到知夏不要命地挡在远野车前。她伸开手臂，像小鸟想要拥抱蓝天一样拥抱自己的爱情。可是只换来一句“我有说过你是我女朋友吗？”在那瞬间她失了神，闪闪发光的眼睛黯淡下去。他心里骤然一紧。

她转身离开时，他迈开了脚步。最终又停下来。

当他下定决心追上去时，女生所乘的电车在前一秒关上了门。

隔着玻璃窗，章一看到她垂着头坐在最后一排，像一棵失了水分的草。

第二天同样的地点，远野的车再次被人拦住了。

“不是说过会好好离开她吗？为什么要伤害她？”

“你妹妹比想象中更天真啊，难缠死了……”

话说到一半就被拳头堵住了口。似乎没料到那样温柔的学长会付诸暴力，远野稍微愣了几秒，反应过来后才还起手。两人很快扭打在一起。趁情况还不是最糟，章一急忙上前拖开了两人。高二的级花似乎也吓到了，看到有人上前劝架，才胆战心惊地拖着远野离开。

知树的额头和眼角出了血，章一问他要不要去医务室，他摆摆手拒绝了。看到他趴在水龙头下清洗伤口，章一发现这个传说中的学长比想象中更英气逼人。和自己乖乖学生的样子完全不同。

“难怪那么多人喜欢知树学长。”章一忍不住说。除了好头脑和帅气的长相，原来他还有那么多更吸引人的地方。

“你认识我？”

这才发现没有自我介绍。

“我是高二（一）班的章一，常常听身边的人说起知树学长……”

“高二（一）班？”知树接过章一递来的手帕擦擦额头，说了句“谢谢”，然后说，“你和知夏是同一个英语老师吧？”

“……是啊，我和知夏都是英语课代表，所以认识……一些。”章一很吃惊，和知夏有关的一切，他都知道得这样详细，“知树学长对知夏好关心。”果然是和传说中一样有“恋妹情结”吗？

知树笑笑。

“我那个妹妹天真单纯，在别人看来可能迷糊又冒失，脑子也不是特别灵，可是对我来说那却是她保留下的最美好的品质。如果可以，我希望她永远不要丢失那些即使看起来幼稚的一面……”那是从小就被当作“天才”的我，从来没有体会过的东西，哪怕只是一小抹最纯真的笑容，我也想要用尽全力去守护。

原来如此……所以即使她不漂亮不温柔不聪明，却吸引了章一的目光。因为知夏有一颗透明无瑕的心。

“可是，好像搞砸了呢……明明说过‘无论什么时候都有我保护你’这样的话。”

该怎么告诉他亲爱的妹妹呢？

那个迷惑了她少女情怀的男生，并没有真心喜欢她，起初只是觉得有趣逗逗她而已。因为她有个天才哥哥才会继续留在她身边。而那个向来无论什么都能做到完美的哥哥，为了保护她，竟然答应了那个男生的无耻要求——在中考期间，冒险在厕所里给他留下写满了答案的纸条。

所有的所有，那个男生只是觉得有趣而已。

而他看着她开始拼命学习，看着她骄傲地站在所有人面前说“我所做的一切都是为了你”，她那么单纯地相信着，他已经没办法告诉她……

“可是……为什么告诉我这些？”就算和知夏有着同样的老师，就算莫名其妙冒出来劝架，可也只是才见面的并不熟悉的人不是吗？

“秘密太多觉得沉重而已。”知树学长拍拍他的肩膀，能迷倒所有女生的温柔笑容。

——我知道你有几次你偷偷送知夏回家……章一，其实你很喜欢我妹妹吧？

很喜欢又怎么样。

他是在她世界之外的人。就好像她记不得他一样无能为力。

所以他只能小心翼翼地试探着靠近。

他追不上她。

也找不到她。

明知道她此时多么需要一个拥抱。

07

真相很快传遍学校。

前几天还拉着知夏的手说着“你要振作，就算为了知树学长，也要快快好起来”的人和抱着知夏哭得泣不成声的人，集合在走廊上或者座位旁，眼里只剩下愤恨的目光。

“为什么是知树学长？”好久以前被同伴说过暗恋了知树三年的女生，在知夏经过时终于忍不住把她重重推倒在地，“死的应该是你不是吗？！为什么你还能这样出现在大家面前？！”

“够了，美咲你不要这样……”同伴拉住自己情绪激动的朋友。

周围聚集了不少人，知夏垂着头倒在地上，没有一个人上前扶她。

不能再放任不管了。

如果知树学长还在，也绝对不会允许这样的事发生。

章一挤过人群，上前将知夏扶起来。她的胳膊好凉，整个人瘦了好几圈，薄薄的像张纸片，风一吹就会被刮走似的。知夏没有说话，甚至没有抬头看他，或许她根本不想知道站在身边的人是谁。她稍微点了点头，然后松开章一的手，一个人默默走了。

现在能安慰知夏的人，只剩下远野了吧。

尽管知道他是一个糟糕透顶的人，可是眼下除了他，没有人能让知夏振作了。此时，章一明白了知树学长当初答应远野要求时的心情。只是为了知夏好。哪怕能好一点点，也在所不惜。

放学后有一场足球友谊赛。章一换好队服后去找远野。男生正被一小团人簇拥着聊天，远离老师的视线，甚至饶有兴致地开了几瓶啤酒。

“你不去看看你那个女朋友吗？她最近可需要人安慰呢。”

“说过N次了，知夏不是我女朋友。我可从来没承认过谁是我的女朋友啊！”

“级花也不是？”

“当然啰。”

“不过知夏有可能的吧？上次不是说找到你掉在河里的十字架就公开承认吗？那是你妈妈留给你的遗物吧，那么宝贵的东西，人家要是真找到了你可不能耍赖。”

“怎么可能找得到？”远野狡黠地伸出手，右手在空中朝前抓了一把，摊开，银色的十字架完好地躺在手心里，“这么宝贵的东西，我怎么可能为了试探她真扔进河里？”

“远野你好坏啊！会不会太过分……喂喂喂，怎么了怎么了，快松手松手……”

莫名其妙冲过来一个脸色恐怖的男生，狠狠地一拳将远野揍倒在地上，然后不解气地上前勒紧他的衣领，拳头又要挥上来，旁边的人一看不对劲赶紧将两人拉开。

“你是谁啊？！”远野擦了擦嘴角的血迹，愤怒地问。

“是章一，高二（一）班的，足球队的后备选手，都是熟人熟人……”旁边的人帮腔，“章一，有话好好说……喂，你怎么不拉住他……”

看着又扭打在一起的两人，原本抱着章一的人无奈地摊手：“也要我拉得住啊！”

章一从来没有这样出过手。磅礴的愤怒从心的最深处源源不断涌出来，驱使他使出比平日多了几十倍的力量。远野被扑倒在地，完全抵挡不了对手的疯狂气势。但终究是不擅长打架的人，一会儿后远野就占回了上风，准备狠狠反击时，只听见“哐”的一声，脑子就晕乎乎起来，尖锐的刺痛感在头上炸开，然后温润的黏稠液体流下来……远野伸手摸了摸，手心被血红色染透。

章一抬头，看到知夏呆滞地站在远野身后。她手里还拎着半截碎掉的啤酒瓶。

她只是想来告诉远野。

十字架找不到。她也不会再找了。

——怎么可能找得到？

08

后来远野去了医院，没有生命危险。

知家爸爸来领走了知夏。接下来的一周，知夏没有再回学校。

学校里仍旧流言不断。

不光是学校。

“听说了没，听说知家儿子是为了帮妹妹找什么东西才淹死的呢。”

“啊？知彦鸿的宝贝儿子死了？那个长得高大帅气、听说头脑也好得要死的那个知树？”

“算命的说知树将来要做大官，知彦鸿不知道多得意，平时都不把我们放在眼里呢，太得意，结果报应在儿子身上了吧，哼——”

“就是就是，以后看他还得不得意，活该……”

晚上回家时，在院门前听到一堆家庭主妇七嘴八舌地议论，刺耳的话流进耳朵，视线晃一圈，果然看到熟悉的身影。章一皱了皱眉。他远远站着，朝那边说：“妈，该回家了。”

“章一回来了啊，偶尔也过来和婶婶们聊聊天嘛。”有人喊他。

“是啊，现在也还早，要不过来坐一会儿？”章一妈附和。

“还有功课要做。”见妈妈不打算跟自己回家，章一不再多说，丢下一句后匆匆上了楼。

“还是你们家章一乖呢，从小就是懂事的孩子……”

“不是我夸我们家章一，他真不让人操心，你看知家一直说自家儿子多厉害多厉害，结果还不是不听话下河去游泳，淹死了吧……”

脑海里浮现出知夏呆滞的已经没有表情的脸，章一加快了上楼的脚步，穿堂风从耳边呼呼刮过去，真希望能把那些难听的话全部吹得远远的。

晚上吃饭时，饭桌上也不忘念几句。

“其实知家大儿子死了真挺可惜的呢。”

章一闷着头吃了几口饭，已经没有食欲了。丝毫没有注意到儿子异常的章一妈还在继续说。

“不过那么优秀的儿子死了，留了个不中用的女儿，也难怪知彦鸿气得要扒她的皮……”章一妈刚好夹菜到儿子碗里，被他猛然抬头吓了一跳，“我说你要把你亲妈吓死啊……”

“你刚刚说什么？”

“哎？哦，刚刚上楼时听说知彦鸿拖着他那个女儿去河边要淹死她呢，估计也只是吓吓她发泄啦，哪会……哎，章一你不好好吃饭跑去哪？”

知夏呆呆地被爸爸拽着往河边走。不哭不闹，像个木偶一样。周围有人劝说，都被知彦鸿一副谁阻拦跟谁拼命的面色吓退回去了。

知道知树是为了自己找根本没丢失的破玩意淹死后，那个男人仅剩的精神支柱也完全崩溃了。爱子如命的爸爸怎么受得了这一而再再而三的打击？知夏一点也不生爸爸的气，甚至想，如果真的被淹死，就好了。

有人冲过来抓住了自己的手臂，然后不顾一切地带着她奔跑起来。

爸爸在后面追了多久？知夏不知道。眼前带着自己逃跑的人看起来有些面熟，可是却想不起他的名字。

除了知树，知夏脑海里所有的名字都消失了。

知夏执意要去河边。然后在桥墩下缩成一团，静静望着流动的河面。章一一动不动地盯着她，生怕下一秒她就冲进那些流动的波纹里消失不见。回想起来，从见到她的第一面起，他总在担心她会突然消失。缩成小小的一团消失，太瘦了被风刮走消失，或者冲进流动的波纹里消失。

知夏没有说话，脑海里却被各种画面充满。

不久以前就是在这里，每天放学后自己都潜水下去找那枚银色的十字架，抱着可笑的必胜念头。

第一天没有找到，第二天没有找到，第三天没有找到……直到哥哥出现在河边，为一直打喷嚏的自己生起火来。一边用柔软的毛巾替她擦干头发，一边脱下外套披在她身上。

“我会找到的哦！”知夏笑嘻嘻地说。

“知夏那么喜欢远野吗？”

“喜欢？多喜欢？其实我也搞不清楚了。”知夏想了想，“可是不想输给他，一定会找到那枚十字架。听说是他妈妈留下来的遗物呢，所以不想他弄丢了。”

“不是为了做他女朋友吗？”

“有点说不清呢，总之就是想找到还给他。”

“好吧，我帮你找，你老老实实待在这里吹干头发，不许感冒。”

“可是河水很凉，水很深哎……”知夏担心地说。

“你忘啦，你哥哥可是去年游泳竞赛的优胜者哦！这一点点河水怎么可能难倒我。”

“是呀是呀，我哥哥是天才嘛！”

“那和远野比起来，知夏更喜欢谁？”知树一边脱袜子一边问。

“当然是哥哥！”知夏毫不犹豫地回答，“远野虽然很帅，不过和哥哥比起来差了不知道多少个星球！”

“那最好了，以后找男朋友可要找比哥哥强的才行，不然我怎么放心把你交给别人……”知树满足地活动完筋骨，“我下去啦。”

“哥哥，小心啊！”知夏叮嘱。

“嗯，我很快就会上来的。”知树一只脚伸进水里，回过头来跟知夏这样保证。那一刻，夕阳的光晕盛开在他的周围，他露出了全世界最温柔的笑容。

可是跟自己保证会很快上来的哥哥，因为腿抽筋，永远没有再上来。就算她哭着呼喊他的名字，他也不会像以前一样微笑着伸手揉乱她的头发了。

那是他第一次对她失约，却永远不再有弥补的机会。

她没办法独自活在这失去光的世界，更没办法让他独自留在冰凉的河底。

她已经厌倦了一切。

不想再看到任何脸。

不想再听到任何声音。

不想再说任何话。

这个世界上，再也没有一个人，比他更爱自己。

而现在，他已经不在了。

——你要做什么？

——我要去找哥哥。他把外套给了我，也没有穿袜子，我怕他感冒，更怕他寂寞。

——知夏……

——这样的我可以独自活下来吗？

一年以前的她圆嘟嘟的脸蛋和闪闪发亮的眼睛，如今都已不在。那两盏明亮的灯，已经不是暗淡，而是彻底熄灭了。

知树学长想要保护的那个天真单纯、保留了最美好最透明无邪灵魂的妹妹，已经随着他的离开不在了。

而让章一忘了呼吸的那个像野草一样具有旺盛生命力的知夏，也不在了。

——如果一定要去……我陪你。

章一牢牢抓住她的手臂。

他追不上她。

也找不到她。

所以这一次，绝对不会再让她先跑开了。

知夏回过头，望着他笑起来。

章一吃惊地看着她。

头脑不同又怎么样，长相不同又怎么样，性情不同又怎么样。知树和知夏有着同样融化人心的温柔笑容。没有人敢再说他们不像兄妹了。

09

很久以后的夏天，又到了雨水频繁的季节，河水涨起来，哗啦啦地流过神川的土地山川。

章一总会想起知夏。

年少的头脑发热也好，真心实意也好，他跟她有过一起“离开”的念头。她甚至忘了第一次见到他的场景。他们只是有着同一个英语老师的学长与学妹的交情。他牵着她的手说“我陪你”。直到现在，也没有后悔说了那样的话。

她却回过头来笑着说：“不可以哦，这个世界上还有那么多爱你的人，请好好活下去。”

然后她一个人消失了。

没有人知道她去了哪里。

如果时光可以倒流，她从墙上跌下来那一刻起，他就会牢牢抓住她的手。

他追不上她。

也找不到她。

所以从那一刻起，绝对不会再让她先跑开了。

年华凋朽

I also want to fall
In love
With you
For a lifetime

这个城市被黑白的色彩每天刷新，红灯变成绿灯，绿枝变成秃干。

你遇见了谁，经过了谁，想念着谁，

盼望着谁，憎恶着谁，又对谁无能为力。

01

和我在一起，你后悔了。

——是这样吧，陆铭？

02

傍晚突然下起大雨。

是上天再也不能忍耐的一场发泄，不消多久，整个城市都沉浸在了迷蒙的雨雾之中。千晴被雨声吵醒，没有开灯的室内，俨然一片昏暗。全身散了架似的，实在很不想动，但是厨房的窗户被风雨折腾得“砰砰”作响，那两片玻璃似乎随时可能被肢解，千晴揉揉眼睛，翻身下了床。

晕晕沉沉地去关窗户，抬头时看到楼与楼之间漏进来的小片天空，像是谁不小心打翻了颜料，浓重的灰色凝固在一起，散不开，天空阴郁得恐怖。豆大的雨点还在哗啦啦地落下，砸在千晴纤细地手腕上，一股凉意瞬间击遍了全身。这场雨一时半会儿停不了，千晴又望了望天空，拉过窗户，插好了铁栓。

为了省电，空调很久没开过，不大的空间里充斥着一股燥热。

去客厅里倒了一杯水，冰凉的液体顺着喉咙滑下，千晴的视线被地板上碎裂的陶瓷吸引，白色的，在一堆破败不堪的剩菜剩饭中泛出冷冷的光泽。

“过不下去就不过，你还年轻，有什么过不去的？”

咖啡厅里，老太太坐在对面，生气地瞪着千晴，因为手上力度忽地加重，深褐色的液体溅了出来，浸透在灰色的桌布里。

“天下好男人多得是，我女儿这么漂亮，凭什么要跟着那个没出息的男人过一辈子苦日子？还要天天看别人脸色！

“当初毕业的时候就叫你分，你偏不听，耗费这么多年的青春在他身上，值吗？

“你死倔着非他不可，他要对你好点就算了，现在算什么，三天两头闹矛盾，这样下去还有意思吗？”

说到激动处，老太太赫然从座位上站了起来，“啪”地猛拍了一下桌子：“分手！现在就跟那个没出息的分手！回头我托人给你介绍个更好的，比上次吴阿姨找的那个程司更好，你放心……”

“妈！”千晴难堪地看了看四周，伸手拉了拉她，“坐下好好说行吗？”

注意到聚集过来的目光，老太太收敛了脾气重新坐回了座位，两只眼睛锐利地盯着千晴：“无论如何，这次一定要分！”

无论如何，这次一定要分。

这是老太太的愿望，每年都要说上N次，几乎成了口头禅。千晴揉了揉太阳穴，镜子里的自己眼睛红肿得厉害。下午又哭了一场，最近泪腺特别发达。

18：40。千晴咬着嘴唇望着客厅里的时钟发了一会儿呆，最后还是从柜子里找出伞，简简单单梳洗一番便出了门。

03

雨太大，公车站牌下面挤满了躲雨的人。千晴收了伞，小心翼翼地站在人群之中。两个中学生站在千晴的前面，他们和周围等着公车的大叔大妈们完全不同，目光清澈有神，表情鲜活，在一片对天气的咒骂声中，两个人仍旧嘻嘻哈哈地说笑着。当一辆公交车过来，为了避免周围的拥挤，男生干脆把女生完全圈进了怀里，千晴忍不住上前一步，看到女生像只小猫一样缩在男生胸前，脸上挂着腼腆温柔的笑。

他们多像两棵小白杨，伫立在荒芜的沙漠中，与周围的低迷如此不同。

千晴的眼睛涩涩的，胸腔里升腾起一种很奇怪的感觉。被雨水浸泡的世界，灰色、迷蒙，千晴突然觉得自己离这个世界很遥远，脚下的路不是路，身边的人不是人，眼前看到的一切都不是真的，她跌入了一个幻境，脑子里被植入大片的空白，胸口很闷，呼吸时肺会感到疼。手上不自觉地加重了力度，伞被紧紧地捏在一起，上面沾的雨水就这样被加速挤了出来，一滴一滴地迅速落到地上。

她和陆铭，也是这样过来的。他们曾经，明明也有过很甜蜜的时光。

一起温习上自习，一起吃饭逛街，一起做课题，一起去图书馆，一起手牵手在站台等公车。那时候的他们多么纯粹，他放弃了一个更美更聪明的女孩选择了傻乎乎脾气又很倔的她，而她，熬了几个通宵做刺绣，手指头不知道被扎得多少次流血，十指连心，痛得她眼泪都快出来了也还在坚持，而这样做，只是为了给他一份难忘的生日礼物。那时候他们刚刚恋爱，恨不得分分秒秒都腻在一起。两栋宿舍楼间的那段路，被两个人来来回回踩过几万遍。

他们曾经，明明是那样甜蜜。

可是是"曾经"啊，多么让人难过的一个词。

现在呢？

争吵冷战是常有的事，丁点的小事也能引发一场战争。比如今天中午，不过是因为埋怨了一下买菜时遇到的吝啬老板，他就受不了地说："你这样斤斤计较和你们家那个尖酸刻薄的老太太简直一模一样。"于是小事变大事，上升到人格尊严问题上来，千晴一直解释，企图让他明白她的心情，可是陆铭不耐烦的表情却让她失望透顶。

"我刚认识你的时候，你不爱说话，温顺善良，现在怎么会变得这么啰唆？"

"我是挣不到很多钱，你嫌我了吧？上次你妈不是给你介绍了一个有钱人吗？……怎么，你以为我不知道？"

"你口口声声说什么爱我爱我，可是现在都在过日子了，光是说爱就能吃饱肚子吗？"

"什么我不理解你？！……不在乎这些？你说得简单！你们家老太太一直看不起我，你以为现在窝在这四五十平方米的小房子里，我心里就好受吗？每次去你家看到你们家人的那种眼神，我真的快疯了！"

“……你也嫌我比不上那个谁，对了，程司，你也开始嫌我比不上他了？你后悔和我在一起了吧？！”

“别再说那些幼稚的话了，千晴，我们已经不是小孩子了！”

从来没有想过两个人会有这样的一天。

从来不会想到两个人会有这样的一天。

“这样的日子还过个屁啊？！”最后，他摔了碗夺门而出。

接下来的一整天，两个人都没有再联系过。而老太太长着千里眼，这边一起火，那边就立马赶过来扇扇子。从咖啡厅回来后，千晴终于忍不住扑在床上大哭了起来，她觉得自己好累好累，不知不觉就睡了过去。

即使带着伞的人已经站在这里，千晴心里愈加难受。以前的陆铭，从来不会这样对待自己。即使闹了别扭，他从来不会冲自己大吼大叫，就算某一次不小心犯了情绪，他也总会马上心软下来哄自己。可是现在他们分开大半天，他却连通电话连条短信也没有的情况，千晴渐渐也习惯了。

她甚至不知道陆铭今天会不会回来，那么，自己为什么又要站在这里傻傻地等待？

又一辆公车停了下来，人潮涌动了一阵，思考让她变得迟钝，差点被人从站台上挤了下去。意识到危险的时候，一双手及时地伸了过来，借助着这力量，千晴总算稳住了身体。

“千晴。”耳边响起熟悉的声音。

04

镜子里。女生黑色的长发湿答答的，一束一束地搭在肩上，额前的刘海儿耷拉下来挂在脸颊，皮肤被雨水泡得泛白，漆黑的瞳仁在暖暖的橘色灯光下发出灰色的视线，同样灰色的衣裤，包裹着瘦削的身体。

是从什么时候开始的呢？原本明亮的眼睛变得光泽暗淡，剔透的皮肤开始变得有松弛的痕迹，喜欢的彩色花裙也渐渐被暗色系的衣裤替代。千晴盯着镜子里的自己，脑海里明明记得的还是十七岁笑颜如花的自己，明明还是大大咧咧一根筋的自己，明明还是被陆铭捧在手心里的自己……怎么就已经成了看起来三十多岁的怨妇形象了呢？

难怪上次嘟着嘴撒娇往他怀里钻的时候，被一把推了出去。他的眉毛纠结在一起，奇怪地看着愣住的千晴："你也不看看现在自己什么年纪了，还装成十六七岁小姑娘的样子，别恶心人了好不好？"

时光退到八年以前。

他站在长长的走廊上，回过头来疑惑地看着她。那时候顶着蘑菇头的傻乎乎的她，说话不利索人缘超差的她，做物理题会崩溃到哭泣的她，看起来似乎没有任何优点的她。

——我喜欢你。简简单单的四个字却被自己啰啰唆唆表达得词不达意，紧紧地抓住自己的裙角，不敢抬头看他，手心里冒出了紧张的冷汗。

他沉默着没有说话。那个短暂的瞬间，在她的世界里被无限地放大放大再放大。周围的空气都被凝固下来，暖黄的路灯变成煞白的光刺痛了她的眼，强忍着眼泪，不让它们在他面前掉下来。她觉得自己难受得快要窒息。

她难过地想：也许从此刻开始，我连你给予的那点怜悯也保不住了吧。于是恨自己，恨自己这么不自量力。

可是。却听到他轻轻笑了起来。

他说，我也喜欢你啊。

好像世界上的所有灯都在那一刻亮了起来。

同样记忆深刻的还有另一个场景。

学校里被公认的优质女生当着她的面向他告白，那时候他们是不被看好的一对，甚至因为他公开了她是他女朋友的身份之后，很多女生都觉得自己有了机会，于是才敢无视她同他告白。

面对气场很强一副势在必得的女生，陆铭握紧了千晴的手举到胸前："你没看到我有女朋友了吗？"

"她有哪点比得上我？！"恼羞成怒的女生指着千晴质问。

男生放开手干脆把千晴拥进怀里，看着她温柔地笑了起来："我喜欢的是她，所以，她的每一点都比你强。"

因为他的一句话，女生当时哭得稀里哗啦。

以前的你，是所有人都嘲笑我笨的时候却依然写纸条告诉我要加油。

以前的你，是我被孤单地留下来做值日时你会放弃打篮球去帮我提水。

以前的你，是每一次看我时眼睛里会充满了温柔的笑意。

以前的你，是会握着我的手说我们要永远在一起。

——每一个细节都被记得无比清晰，却终究抵不过时光一层一层地涂上阴影。

——被记得的，是过去。是和现在比起来如同两个时空的过去。

耳边又回响着陆铭嘲讽的声音，他放下报纸看着自己的奇怪的眼神狠狠刺伤了她。

“你也不看看现在自己什么年纪了，还装成十六七岁小姑娘的样子，别恶心人了好不好？”

多年以后，因为他的一句话，女生再次哭得稀里哗啦。

时光，改变了你我的模样，也腐蚀了我们爱情的模样。

多悲伤。

05

“对不起，家里没有女生的衣服。”程司已经换好衣服坐在客厅里。

“没关系，我平常在家也常常穿陆铭的。”千晴扯了扯身上的大T恤，对程司感激地笑了笑。如果不是他，自己还不知道要在那里站多久。千晴想，这样也好。

其实是第二次来他家，只是上次太匆忙没有时间看看周围，和陆铭那里不同，这里有一百多平方米，空间大，走动时不怕会撞到东西。屋里装修得很豪华，看得出来主人是一个有品位的人。程司是一个敏锐的男人，不单工作上很出色，观察人也自然很有一手。注意到千晴眼睛里流露的赞赏，他难得地微微一笑。

“上次的事……真的很抱歉。”

“没有啊，没有留下来照顾你，该说抱歉的是我才对。”千晴想起他上次喝得烂醉的样子，嘴角不自觉勾起一个调皮的笑，“只是没想到向来一丝不苟的程大经理也有赖皮地抱住别人大腿不让走的时候。哈哈。”

程司不知道自己那次酒后失态到什么程度，但他相信千晴说的是真话，于是也不好意思地附和着笑了笑，有意无意地说了一句：“你知道，那种情况只有面对你的时候才会发生。”

“有吹风机吗？我头发很湿。”千晴岔开了话题。

“有。”程司起身去了卧室。

程司执意要帮千晴吹头发，女生自然不肯，虽然和他相处很融洽，但两个人毕竟相识于相亲桌上，两个人的身份多少有些尴尬。

那次也是和陆铭大吵了一架，因为老太太打电话来告诉自己她亲眼看到陆铭和一个女的相拥着逛商场，千晴自然不信，但她对他从来不隐瞒，便如实把老太太的话告诉了他，谁知道他竟然大发雷霆，最后把自己赶出了家门。

千晴无处可去，只好回了家，精明的老太太不放过任何机会，千晴禁不起她的软磨硬泡恩威并施只好去见了一见相亲对象，不过老实的千晴见到对方时就说明了自己有男朋友的立场，只是现在闹冷战，被妈妈逼迫而来，自己是身不由己。对面一直没有把目光放在她身上的男人听了这话后反倒饶有兴致地盯着千晴看了好一会儿，目光犀利，一看就知道是职场上有手段的主儿，他的嘴角露出一个玩味的笑容：“那这顿饭我们可以吃得轻松很多。”接触下来才知道他其实是一个很不错的人，之后在商场又偶遇过几次，一来二去，两人竟成了好朋友。那个人，便是程司。

千晴对他的感觉不坏，也知道他对自己有情，可是，他们不可能。

“这种小事，就不要拒绝我好吗？”程司看着千晴的眼睛，声音放得很低。

他的五官分明，眉眼干净，有着好看的鼻子，声音很好听，笑起来时有些孩子气。不可否认，他是好看的。他性情有点冷，但心眼不坏，是个让人安心的人。

“嗯。”千晴别过头，不敢和他对视。

“这么大的雨，你怎么站在那里？……你们，又吵架了？”程司一边温柔地替她吹着头发，一边轻轻地问。

“没有。”千晴闷闷地回答，吹风机的声音很大，也不知道程司听到没有。

外面的雨还在哗啦啦地下着，两个人就这样坐在客厅里。50寸的超大液晶电视里播放着娱乐节目，已经玩过头的主持人带领着现场观众哈哈大笑着。千晴盘腿坐在沙发上，眼睛盯着屏幕，耳朵里塞满了吹风机“呜呜”的声音。

以前每次洗完头陆铭也会替她吹头发，次数多了以后他无师自通地掌握了技巧，吹出来的头发和理发店的水平相差无几。陆铭的手指穿梭在千晴的头发里，凉凉的指尖游走在她的头皮上，力度适中，好像春日的阳光般缠绵悱恻，让千晴昏昏欲睡。

关系变僵是在陆铭第一份工作丢掉以后，因为一次提拔，机会明明属于工作表现很好的陆铭，却被经理的一个侄子凭空顶了过去。陆铭一气之下辞职走人，那时候他血气方刚，又是名牌大学的优秀毕业生，不相信有本事还会饿死人。可是生活是残酷的，为了信守承诺，陆铭坚决不让千晴出去工作，同时更不愿意靠着关系去疏通，两个人曾经度过了最艰难的几个月，房租交不起，有两个星期甚至只能吃咸菜喝稀粥。可是于千晴而言，那却是他们度过的最美好的时光。

“你知道吗，我从来没想过两个人这样待在一起也是一件幸福的事。”程司拿起梳子帮千晴梳顺头发，女生黑色的长发躺在他的手心，他的心变得出奇地温柔。

陷入回忆里的女生，没有听到他说话。她的眉心纠结在一起，眼睛盯着电视，思绪却早已不在这里。程司想起前一次在超市碰到她的情景，因为物价上涨，千晴偷偷放回了一些陆铭挑选的精致牛肉，被发现后陆铭自尊心严重受挫，当众撕破脸皮凶神恶煞地发了一通脾气。程司和周围的人一样目光被他们吸引，看到千晴红着脸噙着泪一直渴求地望着陆铭说对不起对不起对不起。他的心当时就狠狠地疼了。

后来陆铭头也不回地走了，剩下千晴提着一堆东西去收银台付账，程司忍不住上前去帮忙，她将掉在额前的头发拂到了耳后，对他微笑着说：“不用，我没事。”

程司自然很愤怒：“怎么会有这么恶劣的男人？”

千晴收敛了撑起的笑容，竟然立刻垮下脸来：“那是我们的事，用不着外人插手。还有，他是一个很好的男人，比任何人都好。”

换成程司傻傻地愣在那里。

06

是九月，天空哗啦啦地下着大雨。这个城市被黑白的色彩每天刷新，红灯变成绿灯，绿枝变成秃干。你遇见了谁，经过了谁，想念着谁，盼望着谁，憎恶着谁，又对谁无能为力。

吹风机还呜呜地运作着，干净整齐的客厅里两个人各怀心思地想着心事。不忍心看着她站在拥挤的人群里无望地等待，于是把她带回了家里。明明知道她不会属于这个房子，却莫名其妙地，觉得这里因了她的存在而有了家的气息。

“千晴。”他叫住她，指尖温柔地游走在她的发间。

“真的，分不开吗？”

07

拉开的窗帘能看到外面阴沉沉的天空，又是一个要下雨的天气。

手机就放在枕边，无数次拿起又放下。一转眼就过去了一个月，屏幕却始终没有因为那个号码而亮起来过。

陆铭，你在做什么呢？很多个失眠的夜晚，千晴站在窗前望着外面墨蓝色的苍穹，眼泪会忍不住掉下来。有几次差点忍不住就拨通了他的号码，最后干脆直接拔出了电池。

“千晴，你要忍，这次赌不过你就一辈子输了。”

她只是赌气跑了回来，猜想着陆铭回家时看不到自己会是什么样的表情。没想到转眼过去一个月，夏天变成秋天，陆铭那边却死水一般没有丝毫反应。她不相信，这结果竟然会和程司当初说的一样。“也许陆铭还在生气，等他气消了就会来接我回去。”千晴没骨气地幻想着。

偶尔也会讨厌这样的自己，没骨气，没性格，没自尊，可是在一起的那么多年，自己所有的思想都被陆铭牵动，依赖他，爱慕他，甚至崇拜他，自己的所有仿佛都是为了他而造就，突然没有了他的日子，好像脊骨被人抽去，不知道该怎么办才好。

身体里也有一个声音不甘心地大声询问：“你自己呢？你把你自己放在哪里？”

是啊，全身心地去爱着一个人的时候，自己呢？那个就算很不优秀的自己呢？又去了哪里？

老太太拿着撑杆站在阳台上收衣服，嘴里碎碎念念着什么，隔着玻璃，千晴只看到她的嘴唇轻微地一张一翕，却听不清内容。她的头发已经有了斑白的迹象，今年是兔年，千晴仔细想了一想，她居然已经56岁了。时间过去得真快啊。隔着窗户，千晴望着老太太日渐臃肿的身体，她脸上的皱纹也愈渐深刻，时光的沟壑满布在干枯的皮肤上，千晴的心像是被针扎似的疼了起来。

有多久了呢？好像是从那时候开始的吧。和陆铭在一起之后，被爱情浸泡的自己，脑子里眼睛里嘴巴里心里，陆铭陆铭陆铭，全都是陆铭，连戏谑似的叫起的老太太真的变成了“老太太”都没发觉，竟然差点就忘记了，在所有人都疏远自己的时光里，朝着自己伸出手的不光只有陆铭，还有她，任何时候都能理直气壮地说出“我女儿这么漂亮”“他怎么配得上我女儿”“你应该过得幸福”这种话的她。

老太太把收好的床单拿进屋里时，看到千晴还躺在被窝里，恶狠狠地瞪了她一眼：“天天都这么躺着不出门，别人还以为我养了只吸血鬼……快点起来，我得把床单换了，你这么躺了两周了，也不嫌脏……别人的女儿都是越大越省事，你怎么让人一点都不省心……”

女生从毛毯里露出毛茸茸的脑袋，今天也不嫌她啰唆，只是笑着看着她说话，也不顶嘴，等到觉得老太太会一直没完没了时，突然从毛毯里跳了起来紧紧地一把抱住了她。

“你干吗？”被女生突如其来的拥抱吓了一跳。

“没什么，就想抱抱你。”女生闭上眼睛把头埋在老太太胸前，“好久没抱过你了，妈妈。”

08

接下来的日子过得平淡不惊，也没有再和程司见过面，我们的一生总要遇到很多人，可是能爱上的愿意和他永远在一起的，却只有那么一个。幸好老太太也不再逼着千晴去参加什么相亲，闲来无事，千晴又拾回了中学时的一个鲜为人知的爱好，阳光好的时候就到窗台上坐着画些Q版的小漫画。

想起那次程司问自己："和他真的分不开吗？"当时的女生愣了好久，"分开"这两个字眼，从她和陆铭在一起后，她真的竟然从来没有想过。是分不开的吧，这么多年的感情，陆铭不止一次地把下巴抵在千晴的额头上，笑着说："千晴，你这辈子算是完了，我们已经分不开了。"

是不是次数多了，所以被催了眠，真的以为分不开呢？

人生中的第一次出远门，去很远的城市参加一个比赛。老太太准备了很多很多的东西，换洗的衣服啊零食啊拖鞋啊毛巾啊什么的装了满满两大包，在火车站和陆铭会合的时候，男生看到千晴兴师动众的惊讶样子，现在想起来还想笑。

只买到硬座的火车票，检票到上车，男生的两只手都提满了东西，进站时还回过头来不放心地在女生耳边嘱咐："抓紧我的衣角哦，不要跟丢了。"

车站人很多，空气很闷，陆铭的额头上沁出一层层细密的汗，细碎的刘海儿搭在额头上，一直到上车找到座位坐下，他的白衬衣背上湿了好大一片。千晴有些心酸，问他热不热，男生说没事，揉揉女生的头发，然后温柔地笑了起来。

夜晚的时候，车厢内的喧嚣淡去，千晴趴在陆铭的怀里，看着车窗外疾驶而过的夜。能听见他年轻的心跳，好像遥远而来的鼓点，一点一点地变得如此清晰。他伸手盖住她的双眸，温柔地说，乖，睡吧。然后像哄小孩一样轻轻地拍着女生的背。陆铭以前跟过乐团，做过鼓手，手指接触到女生的身体时，千晴能感觉到它们依然带着节奏。

她就这样沉沉地睡了过去。

半夜醒来时，看到陆铭保持着最初的姿势睡着了。他的睫毛很黑很长，闭上眼睛时像一把小刷子一样在脸上打出小片的阴影。哪怕是在梦里，他的手臂依然紧紧地抱着她，他的怀抱很温暖，让千晴从此后陷入漫长的依恋。

——在这一千多个人的列车上，他们都是陌生的，只有你，和我心心相印。

——那一刻，我真的以为，我们会永远永远在一起的。

要永远在一起，十七岁的时候手牵手着去电影院看电影，二十七岁的时候手牵手去教堂讲述不老的誓言，三十七岁的时候手牵手送小孩去学校，四十七岁的时候手牵手去看看年轻时想看的世界，五十七岁的时候手牵手去菜市场买菜做饭，六十七岁的时候手牵手去看最美的日出夕阳，七十七岁的时候……一直手牵手，直到两个人生命枯竭，然后手牵手去到另一个世界。

就这样，永远在一起。

很久以后才知道有句话说："与子偕老"是一句最悲哀的诗。

09

十一月到了末尾的时候，千晴终于决定去剪掉留了这么多年的头发，可是当她真正坐在理发店的椅子上，身边的理发师已经举起了明晃晃的剪刀时，终究还是忍不住扯掉身上的围布站了起来："对不起，我想我还是不剪比较好。"

漫无目的地走在大街上，等意识到的时候人已经站在那里了。

掉光了树叶的法国梧桐，街边总是出现的大型垃圾车，掉了漆的古铜色长椅，还有交错的、很少出现车辆的十字路口以及光线总是很朦胧的黑色路灯。

千晴望着这无比熟悉的场景，叹了口气，将手伸进口袋里，指尖触碰到那串冰冷的东西时，才懊恼得不行。连钥匙都随身携带着，自己真的很没有骨气。

“上去看一看吧，在一起这么多年，他也是被生活逼成这样的，他心里终究还是爱自己的啊。”

“回去吧，做一顿他爱吃的饭菜，两个人可以像以前一样好好生活下去。”

心里有个声音这样说，脑子还来不及思考，脚步却已经不由自主地向前迈着，几秒后触电般瞬间停住。

不远处一对恋人亲密地相拥着走过来，女生瘦瘦小小，穿着白色的小礼服和浅紫色的短裙，头上戴着一顶红色的小绒帽，在男生怀里笑得一脸灿烂，不知道说到了什么，男生伸出手宠溺地刮了刮她的鼻子，女生又“咯咯”地笑了起来。

大概是注意到了什么，男生的目光突然朝着这边看了过来，千晴下意识地躲到了墙壁后面，心脏“怦怦怦”地跳得好快。再出来时，两个人已经消失在了小区门口，千晴木木地伫立在那里，手心里的钥匙“啪”地掉到了地上。

10

半夜，手机屏幕亮起，早有预知的千晴一把抓了起来，蓝色的显示屏上终于看到了那个久违的名字。竟然不敢躺着看，于是端正地从床上坐了起来，双手哆嗦着按住了显示键。

——你什么时候来拿走你的东西？

简单冰冷的十二个汉字，将还抱着一点侥幸的女生推入了谷底。

曾经看过一部电视，看到最后两个曾经很相爱的人没有在一起，女生一边擦着眼泪一边愤愤不平：“这是什么烂编剧嘛，一点都不通人情，相爱的两个人怎么会分开呢？”

很久以后才终于明白，不通人情的不是编剧，而是生活本身。我们生存的这个世界，不是童话，黑就是黑，白就是白，好坏亦有个明确的角色划分，不是那样的。不知道是哪个环节出了错，原本是一条路上的伴侣，却渐渐走出了不同的方向。曾经以为这条路只有我们才能一起走下去，只有我们，不可能是别人，直到你的怀抱不再属于我，我还是无法相信。

“也许是在一起太久了，我已经感觉不到我们之间还有爱情，而且，进入社会的这几年，我终于明白，没有钱真的不行。”听到你这样说的时候真的以为只是气话，甚至听到妈妈说你和老板的女儿走得很近还觉得她是不满我们在一起才故意那样说，明明说好要一辈子在一起的啊，我哪里不好你可以说，我会改，可是你怎么可以这样说变卦就变卦？

分开的两个月，吃饭时会想着你今天吃的是什么，洗澡的时候会想着家里的沐浴露用完了你有没有去买新的，看到好笑的节目会想着你有没有也正好在看，想你的好想你的坏想你的笑想你的怀抱想你的一切一切。很想你很想你很想你的时候也会想着你此时有没有也在想我。翻来覆去地看以前你发给我的短信，满脑子都装着你曾讲给我听的情话。很多个夜晚醒来，望着头顶上的天花板，就会后悔自己跑出来，想着当时自己乖乖待在家里等你一切就不会变成这样。

直到今天才终于明白，这一切都是冥冥之中的定数。

不甘心不愿意不相信，又能怎样？

快天亮时，千晴惨白着脸终于回复过去。

——那些，我都不要了。

微　尘

I also want to fall
In love
With you
For a lifetime

轻描淡写的悲伤，落在心间，却是荡气回肠的回响。

好不容易才来到这里，我却常常觉得，自己不属于这里。

我又该去哪里呢?

01

似乎闻得到夏日的味道。

沐川的天在六点亮了起来。阳光退去了懒散，从襁褓里的婴孩似乎瞬间蜕变成叛逆的少年。空气中的尘埃变得清晰，操场旁的香樟也日渐蓊郁。

早操从6：40提前到6：20。纪律森严的学校，然而直到6：30也仍旧有那么多人才慌慌张张地从住宿楼赶向操场。

零乱的头发，惺忪的双眼，褶皱的校服，甚至还有人字形的木制拖鞋。

“中学生广播体操现在开始——”

于是几千只胳膊和腿开始极不协调地摆动开来。

像是上了发条的木偶，林暗一边挥舞着胳膊一边暗想。

6：50——7：20。早餐时间。

林暗，明天轮到你负责寝室的值日。昨天晚上黎天天是这么对她说的。

7：05。林暗望着排在自己前面的长长的队伍终于放弃了继续等待的打算。算了，不吃早餐就上课，也不是第一次。

幸得只是四个人的寝室，倘若是初中时的八人间，不说早餐，恐怕早操林暗也是没时间做了。理被子，扫地，擦桌子，倒垃圾，摆好甩得到处都是的拖鞋，将换下来的衣服拿进厕所泡在洗衣桶里。做完这些之后，锁好门，然后急匆匆地奔向教室。

寝室在六楼。教室在五楼。中间隔了一段林荫路和一块操场。

7：30。铃声响起之前，林暗将最后一只脚迈进了二年（二）班的领地。都开始了早课，没有人在意她。林暗抹了把汗，舒上一口大气，然后坐定，拿出语文课本，认真地读了起来。

第一组最后一排，靠窗，脑袋左转六十度，可以看到窗外的天空。

太阳已经升了起来，一片玫瑰色的红。

02

第二节课的自习，班主任领着一个陌生的男生进来。

这是新转来的同学，以后大家互相学习，共同进步。简短的客套之后，似乎才恍然想起：对了，他叫顾泽年。

顾泽年。顾泽年。

之后是安排座位。班主任扶扶眼镜，目光透过厚厚的镜片四下搜寻开来。

老师，这里还有空位。举手的是黎天天。

第二组最后一排。班主任有些为难地看着新来的转校生。男生点点头然后走了下来。

你好，我是黎天天。林暗听到女生一贯甜甜的声音。

顾泽年。

像是午后的阳光，斑驳而散乱，安静得不带任何情绪。

班主任满意地出了教室。原本安静的教室变得浮躁起来。

——早就听说有转校生来，没想到是他!

——嗯。隔壁新园高中的高才生哦。学校这次一定花了大价钱才挖过来的吧。

——那是！沐川和新园的竞争一直就没停过，这次争得肯定很激烈哦。

——话又说回来，没想到竟是那么个美少年呢。

——嗯啊。嘻嘻……

林暗埋着头做着厚厚的《数学题库》，前排的两个女生却整整一节课都麻雀似的围绕着男生叽叽喳喳。

03

黎天天说轮到我值日，于是完成了这个月第十三个不吃早餐的早晨。

那样的女生，也懒得跟她计较。

接近夏天，早操依旧乏味地进行。

树叶倒是绿得可爱。

倘若绿色代表希望，那么夏天，希望是不是也会慢慢地多起来呢？

像只茧一样，一点一点地被温暖和窒息紧裹。

无论出于自愿，还是来自外界的强压。

林暗

2014. 5. 12

04

10：30，寝室的灯准时被关上。外面到处伫立的路灯，使得周围的一切恍若笼罩着十五的月光。

隐隐约约，可以看见。

以黎天天为首的卧谈会从来都是每天进行。住校很热闹，原因多半归咎于此。

话题从名牌化妆品，皮肤如何保养得更好等等变成了男生顾泽年。学习优秀，笑容暖人，有王子般气质的标准美少年。

今天下午那道数学题，就是二次函数的那道啊，全班都没几个人做出来，顾却几分钟就算出来了。那答案和老师讲的一模一样呢！黎天天兴奋得手舞足蹈，那样子似乎比自己做出来更值得欣喜。

天天你的运气好好啊，下铺的两个女生无比羡慕地说。

哪有，只是恰好有空位而已啦。不过长得真是好看，还帮我捡掉在地上的橡皮擦呢。

真的？

……

林暗安静地躺在床上，在蒙眬中睁大眼睛听她们说话，永远只是听。

一阵恶心的臭味从莫名的地方传来，萦绕在鼻子呼吸的空气里。

忽然想到了什么似的，一下子翻身爬了起来。挪开枕头，果然有只脏袜子睡在那里。

回过头朝三个人看了一眼。黑暗里女生们依旧兴奋地聊着，不时嘻嘻哈哈地笑上一阵，没有人注意到她。

05

林暗，你把头发扎起来会很可爱哦。

黎天天满脸笑意地对正梳头的女生说道。

林暗的手停了下来，几秒的静默，然后才又继续自己的动作。

——那个女生叫什么名字？

——嗯？

——左边，头发很黑很长的那个。

——哦，她是林暗。

——怎么突然问她？

——没有听她说过话，而且觉得她散开头发的样子有古典的味道。

晚自习的时候，林暗听到顾泽年向黎天天问起自己。

竟会打听自己。

林暗想着不经意地将头微微右转，恰好遇上黎天天刚刚要撤回去的目光。

06

学校在图书室外建起了喷泉，林荫小道旁也换成了乳白色的菊花形路灯。

香樟树的下半截树干被刷上了灰白色的油漆。甚至垃圾桶也变成了清一色的树桩形状，里面是水泥，外面刷上了一层墨绿色的油漆。

每周一次的大扫除变成了每天一次。

听说是接近期末，省里会组织人来检查。

怪不得。

无非又是为了“先进学校”“绿色校园”的牌匾。

夏天来得真切，绿色愈发变得厚重。

午后的操场渐渐开始安静，知了在叶深处声嘶力竭地叫。教室里被扫过灰尘的老吊扇吱呀吱呀地转，老师板书完最后一道习题，站在讲台的角落里，摘下眼镜，掏出陈旧的手帕擦去额上细密的汗。

笔尖和纸页摩擦的沙沙声，翻书时的哗哗声，少年的骨骼拔节的声音，连同一些隐匿在尘埃中的寂寞的声音。

都在这个夏日午后，变得清晰起来。

07

林暗进教室的时候，所有人都看着她，好像哪里有不对的地方。

前排的女生扭过头来说道：黎天天的新钢笔昨天不见了，大家都找过了，林暗你看看在你那里没有。

哦。女生轻轻地应了一声。

不用了不用了，黎天天急忙阻止。是爸爸从国外寄回来的生日礼物，不过丢了也就丢了，都怪我自己不好啦，不要再麻烦大家瞎折腾了。

这样还不重要？反正大家都找过了，林暗也麻烦不到哪去。是吧林暗？说话的是睡在林暗下铺的苏颖。听来听去，语气里都是挑衅的味道。

林暗没有说话，伸手将抽屉里的东西全部搬了出来，然后摆放在桌面上，每样每样慢慢地当着大家的面重新整理。

“啪——”

钢笔坠地的声音。黑色的笔杆，金黄色周边的钢笔。大家都认得，这便是黎天天的爸爸送给她的生日礼物。因为来历不小，班上几乎都传阅过。

而笔，是从林暗的《数学题库》里掉出来的。

全班的目光瞬间纠集在一起，焦点是仍旧一脸茫然的林暗。

男生的唏嘘声，女生的尖叫声，一时间混合在一起，像是加了防腐剂般压得人快要喘不过气来。

林暗你怎么可以这样？黎天天流着眼泪一副楚楚可怜的样子。

林暗这才突然醒悟了过来，她抬起头盯着黎天天，整整一分钟，直到女生别过头去趴在桌子上大哭起来。

林暗你算什么东西？自己偷了东西还这么凶瞪着别人干吗？

苏颖跳了出来，横在二人之间，眼睛里喷发着怒火。

“啪——”

手掌接触到脸的声音。

林暗将书重重地全推到了地上，然后转身跑出了教室。

在门口撞到谁的肩膀。

是午休后正要进来的转校生——顾泽年。男生赶紧侧身让女生先过。低头的瞬间，看到女生通红的左脸以及湿润的眼眶。

08

出什么事了？男生坐定后看到旁边散乱的场面，忍不住开口问。

刚刚情绪才稳定一些的黎天天，听男生这么一问，顿时又红了眼眶，重新趴回了桌子上。

倒是苏颖回过头来，气呼呼地将刚才的事跟新转来的男生重述了一番。添油加醋，那是难免的事。

哼！平时就一副阴森森的模样，没想到手脚也不干净，怪不得寝室里老丢东西……

顾泽年惊讶得半晌说不出话来。

怎么……会这样？

看向仍旧哭得梨花带雨的黎天天，男生的目光复杂。

窗外的阳光灿烂，穿过茂密的枝干在水泥地上形成许多斑驳的影子。偶尔有风吹过，那些影子便跟着晃动开来。

钢笔不是林暗偷的。男生忽然站起来说道，声音遇到墙壁又折了回来，融合在一起，愈发显得响亮。

还在一旁喋喋不休的苏颖吓了一大跳，连黎天天也惊得抬起了头来。

钢笔是我在地上捡到的。我看林暗整天都在练题，以为是她掉的，所以才夹在她的书里的。

话说完，顾泽年意味深长地看着黎天天。黎天天脸一红，半天说不出别的话来。

谁说青春的孩子最纯洁？是假话，还是笑话。

最干净的卷心菜，中间也会有虫子，好像沐川的风，吹来吹去，也满是被工厂加过工的味道。

就好像，明明中午放学时，自己还看到，那只钢笔在黎天天的抽屉里一样。

09

沐川好久没下雨了。突然很想念那股潮湿的味道。

一颗西红柿放进一堆苹果里，难免会遭到排挤。

阳光也好，空气里翻转的尘埃也好，那些肉眼难以捉摸，伸手难以触碰的物质，却这样真实地存在着。

没有做错事，却被责难。

努力去靠近，却无法融入。

艰涩，窒息，只能后退。

即使伸出手，也不能捕捉阳光。

轻描淡写的悲伤，落在心间，却是荡气回肠的回响。

好不容易才来到这里，我却常常觉得，自己不属于这里。

我又该去哪里呢？

只是一颗微小尘埃，埋入眼里，也会落泪。

那个男生帮我证明了清白，可是为什么一点也不觉得开心。还有，他为什么要帮我？

我知道钢笔不是他捡起来夹在我书里的，黎天天也知道的吧。我不需要同情，可还是跟他说了谢谢。

妈妈总告诉我，接受了好意心存感激就好。

可是现在的我，即使好意也开始怀疑，真讨厌这样的自己。

——唉，妈妈，这个光怪陆离的世界，丰富得让我搞不懂。

林暗

2014. 7. 3

10

六月的月考，林暗稳定地待在年级十八的位置。

而顾泽年，一度成为学校的新宠。早就知道不是那种花瓶的男生，只是没想到竟会那么好。年级第一，才转来一个月的帅气少年，自然又是另一番轰动。

兴奋的还有黎天天。两个人似乎相处得还不错，每天都能从她那里听到关于顾泽年的种种。从什么时候起，女生寝室里的所有话题都变成了“顾泽年怎样怎样”的呢？

天天，我看顾泽年一定是喜欢你了哦。苏颖坏笑着猜测。

没有的事。黎天天矢口否认，可是谁都看得到她胸有成竹的模样。

终究还是普通的男生，面对漂亮的女孩总是缺少免疫力。林暗有些失望地想。

11

接近高三，暑假基本无望。幸得学校组织了一次野营，倒也算是安慰。

班主任让林暗安排分组。因为要带的东西很多，所以每个小组都是男生加女生的搭配。

哎，到时你要和谁一组啊？黎天天问正在看书的顾泽年。

不知道，男生无所谓地笑笑。

就是那个贾桃，他让我和他一组呢。说是体育委员，力气大，可以帮我背东西。呵呵，你觉得怎么样？

很好啊。我看你这么柔弱，他那样的男生正合适哦。顾泽年合上书又笑了起来，忽略掉黎天天眼睛里燃烧的希望火焰。

喂，林暗要和谁一组啊？男生忽然扭过头来问道。

啊？！没想到他会同自己讲话，女生着实一惊，一脸错愕的表情。

要不，我们一组吧。顾泽年搔搔头发，我是新转来的，好多地方都不懂，你是班长，跟着你比较好些。

……

哦。

一颗近乎压抑的心脏，在阳光温暖的午后，似乎渗出了水来。

12

工人忙着生产，司机忙着开车，搞清洁的大婶忙着扫地，家庭主妇忙着上街买菜，连同摇篮里婴孩，也忙着睡觉成长……

被束缚太久的身心，总在寻找着得以解脱的瞬间。可是这是个繁忙的世界，容不得谁做太久的停留。

所以野营对这帮十七八岁的孩子来说，真算得上一件令人兴奋的事情。

公车上，女生终于沉沉地睡去。车子转弯的瞬间，由于惯性，身子便跟着压了过来。

顾泽年顿时感觉全身都被压缩了似的别扭。想把女生的脑袋扶正，可是低头看到女生熟睡时恬静的样子，又收回了手。

终于也闭了眼，睡去。就当谁都不知道谁都没看见好了。

13

林暗想这天她定是成了所有女生嫉妒的对象。

登山时，男生包揽了所有的行当。

过吊桥时，男生温暖的手稳定了女生恐惧的颤抖。

踩空时，男生扯来不知名的草药，揉碎后轻轻地敷在女生的膝盖。

烤肉时，一脸灰的男生将所有的熟肉都递了过来。

表演时，男生坐在安静的角落陪受伤的女生看别人兴奋地吵闹。

……

没有一点脾气，始终微笑的脸。

明明只是组员之间很平常的小事，却因为对方是顾泽年，而被一再地放大。

回校之后，偶尔撞上黎天天嘲讽的目光，第一次，有些紧张得手心出汗。

男生的殷勤，让林暗感到了隐隐的不安。

倘若是出于同情或者怜悯，甚至是故意做给大家看，这样的暧昧，是不是有些太过了？

这么想着，心里划过一片微凉的伤。

淡淡的寂寥摇摇晃晃地成长，渐渐变成一株灌木横在两人之间。

女生开始了隐隐地回绝和避免。

14

有一种温暖，是不是可以逆流而上？

村上的飞鸟，是不是可以飞过高高的城墙？

年少的坚韧，是不是可以在泪渍中成长？

幸福的城堡，是不是可以不要猜疑的驻防？

想一些莫名其妙的问题，直到脑子莫名的抽空，心脏莫名地疼痛。

想回家。想念爸爸，想念妈妈，想念家里热气腾腾的饭菜，想念院子外的竹篱笆，还有缠绕在李子树上的南瓜藤蔓。

想念好多好多。

想念那些纯粹的东西。

想念到晚上胸口隐隐作痛，睡不着觉。

沐川的繁华，好像永远和自己没有关系。

有些东西，本来就是难以介入的吧？还有一年，时间很快就会过去。所有的伤痛和难堪也会被记忆碾过去，暗淡在时光的碎尘之中。

林暗

2014. 9. 21

15

林暗握着语文课本站在住宿楼紧锁的大门之外。

熄灯之后的才猛然记起，明天早上要检查古文背诵。于是腾地翻身起床，只踩着一双拖鞋便心急火燎地奔赴教室。

终究还是慢了一拍，回来的时候住宿楼的大门已经锁上了。

“黎天天——”

“苏颖——”

扯着嗓子叫了半天，却终究无人回应。早料到的结果，本就不该抱什么希望。尴尬地伫立了几秒，然后一个人转身离开。

如果教室不熄灯，倒也可以凑合一晚的吧。可是偏偏就是那么不尽如人意。教学楼空旷得吓人，倒不是那么胆小的女生，可是偶尔莫名传来震天动地的桌椅倒塌声，心脏也不是不会为之紧紧地收缩。

不敢久留，林暗神色慌张地奔到了操场上。坐在路灯下，淡淡的光亮，或多或少地觉得心安些。

夜长久，月色也凉。昏黄的灯光，透过女生单薄的身体，在水泥地上生成朦胧的影。

不禁打了个寒战，索性全身都缩在长椅上，双手抱住膝盖，脑袋搁上去，感觉倒也好些。

唉——

抬头望了望天，几颗星星挂在墨蓝色的被子上，像眼睛一样眨呀眨呀眨呀眨呀。

16

值班室的灯还亮着，不过几个保安却不见了踪影。八成又是聚到一起打牌去了。一群白领工资的蛀虫。

顾泽年把外套扔进了墙内，然后搓了搓手，看准目标，几步小跑之后腾地一越——

捡起地上的衣服，拍拍上面的土，顾泽年觉得自己身手还不错，不禁有些得意地笑了起来。

倘若运动会时也有这般厉害，跳高的纪录也早该破了吧。呵呵。

正想着要不要打电话让室友下来开门，却被不远处坐在长椅上的人给吓了一大跳。谁这么晚了还有心情出来乘凉啊？

忍不住好奇地走了过去，却看到已经在椅子上睡着了人，竟然是林暗。

这么晚了怎么睡在这里？

顾泽年皱了皱眉，狐疑地将女生唤醒，如果这么睡到天亮，不生病才怪呢。

女生惺忪着双眼慢慢地看清了距离自己老近的脸，受到惊吓的同时，拳头也跟着挥了出去。

着实没料到会有这么一出，男生躲闪不及，只觉得鼻腔骨隐隐传来一阵阵痛。这丫头拳头这么硬，怕是鼻骨也给打碎了吧。

还没来得及抱怨，眼明的男生便注意到远处闪动的手电光线，于是一把把女生从椅子上拉了下来，面对女生的挣扎，来不及解释，只是将食指放到嘴边：

“嘘——”

女生这才真正看清了面前的男生，原来是他，顾泽年。不知怎的，心里那块大石头，终于忽地落了下来。

待到视察的保安走远，两个人同时松了口气。看着对方狼狈的样子，竟忍不住同时笑了起来。

17

你怎么睡在这里？顾泽年看着林暗，满脸的疑惑不解。

没什么，只是回去晚了，住宿楼的大门关上了而已。林暗轻描淡写地把事情跟男生重述了一遍。

你让黎天天她们叫管理员来开门就好了嘛。真笨哪。男生边说着边掏出手机翻看，我好像有她的号码哦。

不用了不用了。她们早该睡了，林暗急忙出手阻止，再说，难得有机会逃一次查寝，感觉还不错哎。

你呢？女生笑着反过来问道。

很少看她笑，微微翘起的嘴角，有些调皮的样子。像一朵盛开在夜晚的奇葩，淡淡的，有着毫不张扬的美丽，又像是清晨的露珠，干净，澄澈，不带一丝杂质。

顾泽年有些呆住了，直到女生扭过头来看着自己又问了一遍，才终于不好意思地回过神来。

哦，爷爷过生日，晚课后偷偷溜回去了一趟。担心明天赶不上早操，所以又溜回来。

一定很热闹吧？

嗯？嗯。是很热闹。年年都这样，不过一家人聚聚倒也很好。

对了，这么晚了，你是怎么进来的？大门应该锁上了吧。忽然想起，林暗便问了出来。

那个——男生不好意思地说道：从后门那儿进来的。

故意省略掉的。其实该是“从后门那儿翻进来的”吧。

又是一阵尴尬的沉默。

哎，你真的不回去了吗？

像你说的，他们也该睡下了吧。

我们……不一样。

她们好像经常欺负你？想了一会儿，终于还是问了出来。

没有的事。

真不回去了？

嗯。

不知道什么时候，男生忽然惊醒了过来。

夜已经很深了，林暗保持着一开始的姿势已经睡着了。

应该是营养不良吧，不然缩在一起，怎么才那么小小的一团？男生皱了皱眉，伸手将女生扳过来靠在自己肩上，然后脱下外套轻轻地盖了上去。

一股暗流涌过，心里滋生出些隐隐的疼痛。

18

所有的情绪都被日子漂白。

有些东西，像大雨一般滂沱地汹涌而至。

19

元旦的气氛越来越浓。

高三年级只允许在自己班上庆祝，说是除了学习，其他的一切都纯粹是在浪费时间。

班主任下达命令，气球不许挂，彩带不许买，只需买点糖果之类，用一节晚自习来表示一下就可以了。

“高三的真是命苦，连基本过节日的权利都被剥夺了。”不少人这么抱怨，林暗听了也只是无奈地笑笑。

寝室里忙得分不清东南西北。

自然又是黎天天。一整天都神经兮兮地在大家面前转来转去。

黎天天你怎么了？从来都没见过她这个样子，林暗一时忍不住好奇。

啊……哦……唉……黎天天叹了了半天气却也没说出个什么究竟来。

还不是为了顾泽年。苏颖看着黎天天焦头烂额的样子笑出了声来，天天准备跟顾泽年表白了哦。

表……白？林暗顿时感觉飞机失事的眩晕，心脏竟有种镂空的空洞。

林暗你文笔好，帮帮我吧。黎天天突然跳到女生面前，开口央求道。

什么？

给顾写封信。

情……书？林暗眼珠子都快掉下来了，看着黎天天可怜巴巴的样子，原本的“不要”脱出口时却成了“好吧”。

鬼使神差。

20

林暗生平第一封情书，给男生顾泽年。名义却是自己不喜欢的女生，林暗觉得自己真是可悲。

写了又撕，撕了再写。要么写错字，要么乱打标点，要么又太文气，总之就是哪里都不对劲。

黎天天说林暗你别太在意了，表明了意思就行，不过落款请不要写出我的名字，反正他也该知道，就不要再添尴尬了吧。

林暗理解地点点头，撕去手下的纸，又重新写了起来。连她自己都不知道这么卖力干吗，反正又不是自己要告白。

可是一想到对方是顾泽年，林暗便感觉手心出汗，不敢有半点马虎。

真是要疯了。

21

告白信终于写好，黎天天第一次跟林暗说了谢谢。林暗摆摆手说没事，心里却总觉得不舒服。她像是留给自己一枚炮弹，等着被炸得遍体鳞伤。

难道我也喜欢他？林暗被自己问得吓了一大跳。

信用粉红色的信封装好，夹在林暗的一本诗集里，黎天天说借来掩饰一下，等晚会一结束她就去找顾泽年。

没有理由拒绝，林暗说你拿去用好了。

教室真的没有做任何布置，可是元旦的气氛依旧浓烈。很多人都积极地上台表演了一个小节目，活动还算不是很冷场。毕竟是高中的最后一次元旦节，大家都不想浪费表现自己的机会。

只有林暗完全没有那份兴致，她被黎天天之后的告白是否成功困扰。几次忍不住偷偷地去看顾泽年，却每次都尴尬地被发现，男生倒是没什么，依旧冲她温暖地笑，林暗却感觉浑身发烫，脸红得不行。

轮到黎天天表演时，她站在台上冲大家粲然一笑，说我给大家朗诵首诗吧。然后下台向林暗借了诗集，林暗正想提醒她要小心时，黎天天却已经走回了讲台上。

随意地翻到一页，正准备开口朗诵，夹在里面的信却不经意地掉了出来。

顿时，大家的目光全都纠集在了小小的信封上，粉红，容易让人产生联想的颜色。

呀，这是什么？黎天天“好奇”地打了开来，随即发出一声尖叫。

一些好事者已经把信抢到了手里阅读了起来。

林暗坐在下面，正在为黎天天担心，却发现黎天天满脸狐疑地看着自己。她的表情让林暗突然感到莫名的不安。

不消几分钟，信已经被班上的人传阅了大半。嬉笑声和嘀咕声渐起时，林暗终于发现了事情不妙的矛头指向的人不是黎天天，而是她林暗自己。

大班长的字，谁不认识？

所有人都将目光从信封转移到了林暗和顾泽年的身上。

原来班长暗恋顾泽年啊。不知道谁大声说了一句，所有人都

“哄”的一声笑了出来。

林暗顿时脑子里一片空白，看着黎天天和苏颖嘲讽的表情，终于醒悟过来又上了她们的当。

拳头握紧，血液一直上涌到头顶，尴尬与难堪，似乎有一个世纪那么漫长。

积蓄已久的火山终于爆发，重重地甩出一巴掌，然后掩了面狼狈地逃出了教室。

黎天天的脸上留下了五根鲜红的指印，像是给出的耻辱，统统都被甩回了自己脸上。

一直沉默的顾泽年站了起来，他鄙夷地盯着黎天天，像是燃烧出两团火焰，烧得面前的女生无可遁形。

“黎天天，一个女生让人讨厌到这种地步，真是悲哀。”

只消一句，骄傲女生的粉面瞬间成了白颊。

22

男生跑遍了大半个学校，那种紧张，快要让人窒息。

最后在花坛边找到了女生，依旧是全身缩成那么小小的一团。只看得出肩膀在轻轻地颤动，像是被人丢弃掉的无家可归的小兽。

林暗——

不是你看到的那个样子。不等顾泽年说完，女生便开口打断。声音很小，带着厚重的鼻音，男生却听得清清楚楚。

女生的脚下，已是大片的湿润。

我知道。顾泽年蹲下身去，将林暗拉过来抱进怀里，想给她一个拥抱，也怕一松手这个娇小的女生就会突然消失。

真的不是那样。林暗依旧喃喃地说着，最后终于忍不住大声地哭了出来。微凉的湿润透过皮肤，落在男生的心上。

想安慰几句，可是却似乎突然弄丢了所有的言语，只能轻轻地拍拍女生的头。

该说什么呢？

说林暗对不起，其实都怪我？说林暗别生气，我这就去帮你揍黎天天一顿？说林暗刚才找你的时候，我就告诉自己以后一定好好保护你，不再受任何人的欺负？

最后顾泽年终于说了出来，他说：林暗我可能喜欢你。

月光下，男生清澈的眼和棱角分明的轮廓。一切都真实得让人心生不忍。

听说过斯托克司吗？

谁？

承载太阳温度的少年。

顾泽年，从今以后，你就像斯托克司。

23

林暗发誓以后再也不理黎天天和苏盈。她的容忍已经达到了极限，班上似乎忘记了告白信的事情。

林暗面无表情的沉默让人无端感到不安。欺软怕硬，黎天天就是这样的人，于是她先妥协了。她说林暗我们和好吧。

本来不想搭理她，但看到女生等待的目光，又一次心头一软。

好。

声音很轻，但有着林暗的力量。

不管以前遭受过怎样的痛苦和难堪，林暗相信顾泽年就是上天给予她的最好的馈赠。

想到这个，连同窗外的大片阳光，也在一瞬间变得温暖了起来。

24

顾泽年说，人生难免遭遇黑暗，那是因为太阳转到地球的另一面去了。可是只要相信，便会等到阳光重回的一天。

生活是一副副面谱，只要努力，就一定会翻到咧开嘴扬起弧度的那一张。

时光缓缓地流逝，可还有那么多不变的温暖。

顾泽年，我相信你说的话。

所以，我会翻到咧开嘴笑起来的那张面谱的对吧？

林暗

2015. 2. 27

我们的拼图

I also want to fall
In love
With you
For a lifetime

人生就像拼图，每天捡一些碎片，不到最后就不知道拼凑成什么样。

如果只在同一个地方，过同一种生活，

碎片的内容相差无几，想想挺悲哀的。

01

凌晨一点四十分。

风声在听筒里碎裂成无数块。

刺耳却不敢怠慢，我集中注意力辨别着电话那头小鸠的动向。

她从喧嚣的车站走向寂静的深夜街头，她握着微烫的手机心跳加速奔跑过黑暗的长巷，她冲上楼站在门口从背包里翻找钥匙，打开门，关上门。听到她终于长吁口气感叹“报告，活着到家！”之后，坐在床上的我也如释重负靠回枕头上。

手机已经发烫。之后一会儿我们谁都没有说话，也没有挂断。

我继续听到她换鞋、甩开书包、喝下大半杯水、坐下等一系列动作。我盯着天花板上灯罩映出的一个圆圈的黑影，脑海里浮现出小鸠此刻的模样。小小的、瘦瘦的、脸上因为过度紧张和运动引起的红潮还未退去，绿色的毛绒围巾被扯下一半，刘海儿凌乱地散在额头上。她的左手持着手机继续着贴在脸颊的动作，我听到她渐渐平复下来的呼吸。

半小时前，打完工回家路上的小鸠在电话里带着哭腔对我说：“我好像被人跟踪了。”我让她先冷静，然后问她附近有没有朋友家，或者让朋友来接。她说没有。

“你之前要好的男生呢？”

她说对方工作很忙现在已经睡了，而且听说有女朋友什么的最近已经联系不多。

我想了想："那找追你的男生来接你"，她又固执不肯。

她胆小任性爱撒娇，却又总怕给人添麻烦，只好为难自己。

挂电话前她才轻声说："其实我有点伤心。"

我明白她的难处，可是隔了一个日本海的我也做不到立刻奔去她身边。

我抿了抿唇，说："我知道。"

"谢谢你啊！Yu。"她又恢复了以往笑嘻嘻的口气。

挂了电话后，我发了会儿呆。

那个笨蛋一定会偷偷地哭吧，我这样想着，愈发为不能安慰她而懊恼。

02

第一次见到小鸠是在2010年的冬天。

我们参加了同一个比赛，复赛地点在上海。

在一百多人的入围选手群里，她给我发来添加好友的验证内容是"好巧，我们的QQ头像用了同一张东京的照片^_^"。后来很长时间里，我对小鸠的印象是末尾那个笑脸符号。

一个月后我们在上海见面。在泰安招待所的大厅里，她一个人像只小猫一样窝在沙发里玩手机，我走过去时她抬眼冲我笑笑。

"Yu老师，你来啦。"

她总戏谑地这样叫我，软绵绵像个小学生的口气。

尽管之前小鸠在QQ里说了好几次自己很矮，但没想到她那么娇小，目测150厘米左右，因为白白瘦瘦，让人不禁涌起要保护她的念头。连我这样的南方女生坐到她旁边时，也没忍住伸手摸了摸她的脑袋。触碰她头发的瞬间我才想起毕竟第一次见面，有些犹豫但无奈手已经伸出去了，有点怕她不高兴。

小鸠压根没注意这回事，只是侧头冲我吐吐舌头："我很矮，现在相信了吧？"

我们住进402房。她像只小兔子一样蹦蹦跳跳地打开空调，帮我放行李，找一次性拖鞋，脸上的表情始终和那个符号一样，甜腻，晴朗，眼角弯弯。

喝完小鸠递来的牛奶后我很快睡去，补睡眠睡过头，醒来时天已经暗下来，我侧头，看到小鸠靠在隔壁的单人床上玩着手机。她怕影响我睡眠，房间里没有开灯，那小片荧光色的光亮里，她微笑的表情如此柔和，如此甜美。

那一瞬间只觉得有温暖的泉流从心里涌起，我一时没忍心说话。倒是听到动静后她抬眼看向我，笑容更深一些："睡好了吗？"

她的声音很动听，轻飘飘的软腻，像一片被风吹起的轻盈羽毛，不知道停在哪片云朵上去了。

洗漱完毕赶去选手们聚集的东北菜馆吃晚饭。因为去得晚，自我介绍时间已经过去，我们都是不擅长被注视的人，悄悄坐在角落的位置。那顿饭我和小鸠没聊天，只是竖着耳朵听别人讲话，听他们聊一些八卦或者某本喜欢的书籍，到了好笑的地方就互相对视一眼跟着笑。她知道我喜欢吃什么，一直往我碗里夹菜。

"多吃点，你太瘦了。"她也督促我吃蔬菜，"要注意均衡营养。"

“是，小鸠妈妈。”那会儿我还不意思对她耍脾气说不吃胡萝卜，只能冲她吐吐舌头回应好意。

饭毕有选手提议去美罗城的KTV唱歌，于是一群人浩浩荡荡出发。等红绿灯，过天桥，经过繁华的街道，上海的夜晚笼罩在我们十八九岁的脸上，笑声里浸泡着的全是梦想和希望。我和小鸠混在人群里小声说话，聊生活聊学校的事，聊写小说的困惑也聊小鸠男朋友的事。絮絮叨叨的，话题各种跳跃得厉害，却心照不宣全都明白。

现在想起来也不禁感慨，当时怎么会那么美好呢？是因为年轻和梦想，还是因为美好的小鸠呢？

后来我们从KTV包间逃出来，坐在走廊的沙发上继续聊天。大厅里的其他选手小声议论着“那个穿墨绿衣服的是不是小鸠？”之后有几个大胆的女生终于跑过来问了，得到肯定答案后，一群人跑过来拉着她签名。那时候我才知道她之前已经拿过几次一等奖，也出版过个人作品了，在这个行业里很出名。

“好像冬天就应该在上海度过，说不定会遇到什么好事。”小鸠这样跟我解释她继续参赛的缘由，“你看，这不是遇见你了吗？”

她相信奇迹，每天等待迎接新的邂逅。这样的她想要遇到更多的人，于是越跑越远。

四年以后，她去了QQ头像里的东京，而我留在上海。

03

第二天午休时，我打电话给小鸠，想知道她心情有没有好些，但没打通。

过了一会儿她给我发来微信说正在打工，今天东京阳光很好，她心情晴朗。我什么都还没说，而她全知道。

小鸠去日本前没学过日语，去大学院念研究生之前先在语言学校学一年语言。她早上9点到12点上课，十二点半赶去学校附近的居酒屋打工，周末抽出时间写小说。时间被挤得满满的，生活得像只陀螺。

尽管喜欢岛国的樱花，但小鸠去留学算是临时起意。

大三那年夏天，被谈了五年的男友劈腿的她在某个午后醒来，赤脚站在窗台边喝水，惺忪着眼睛望着对面橙色的公寓，风吹来时窗台的绿叶晃啊晃，她脑子里突然冒出毕业后去留学的想法。之后用了一年时间拼命存钱。

“我觉得人生像拼图似的，每天捡一些碎片，不到最后就不知道拼凑成什么样。如果只在同一个地方，过同一种生活，面对同一栋楼，碎片的内容相差无几，想想挺悲哀的。”小鸠笑了笑，“现实一点来说，当时的我醒悟了自己的狭隘和窘迫，被甩以后好像通往宝藏的地图突然改变路线，一切都乱了套。而我即将毕业，之后该做什么却全无打算。每天睡去醒来，醒来睡去，写不出任何东西，厌倦身边的人，我的生活被那扇窗户钳制了，有种窒息的感觉。那瞬间胆怯的我只想要逃，去更远的地方。不是为了实现什么，而是为了寻找。”

说起这些的时候，是在她第一次回国的夏天，她在成都转机停留一晚。她本不用如此周折，全是因我。那时候我打算辞职去上海，家里不同意，临近末尾的工作出了岔子，百般头痛又和男朋友闹矛盾。她存够机票钱回来看我。我去机场接她，见面后什么也没说，只给我拥抱。她那么瘦，我却被温暖击溃，充满了力量。

晚上我们去吃了火锅，然后站在十二楼的阳台上喝啤酒。天空是墨蓝色，星星亮亮地挂在上面。小鸠穿着我那条皱巴巴的睡裙，洗完澡后长发还湿答答的，她目光转到楼下，车小小的，人也小小的，陆地上的星星比天上多，易拉罐里的气泡在跌入喉咙时咕噜咕噜响。

“那你寻找到了吗？”我问她。

“还没有。”她回头笑着着我，“Yu你真的要为了他放弃现在的生活只身去上海？”

“如果我也被甩了，就去东京投奔你。”我说。

“那我不希望在东京见到你。”小鸠表情很认真。

后来我办了去东京的签证，但真的飞去见她时，并不是因为我被甩。当然这并不算庆幸，后来我还是和男朋友分了手，这已经是别的故事。

04

小鸠被劈腿的男朋友是初恋，两人从高中开始谈恋爱，交往的几年里对方劈过三次腿，闹到分手那次的对象是小鸠的室友。

初恋虽然在学校里颇受欢迎，但一直以来追小鸠的优秀男生也很多。小鸠长得可爱，性格好，有才气，骨子里带着气质却不清高，笑起来一副邻家妹妹模样，让人想要亲近的暖暖的感觉。小鸠不是包子，甚至公认地难追，却一再原谅初恋，所有人都替她不值。

那天晚上小鸠跟我讲过她和初恋的故事。

高二那年的平安夜，晚自习下课后背着书包独自回家的小鸠经过大操场时，初恋突然跑过来往她手心里塞了一个苹果。那时候大操场的路灯坏了好几盏，隐隐约约只看到初恋的高高瘦瘦的轮廓，他的手还没撤回去，小鸠感受到他手心因为紧张有些湿润，却很暖。但她尚未没反应过来怎么回事。

这时候预备用的照明灯突然打亮，眼睛被强光刺激得眨了眨，小鸠看到初恋背着光站在她面前，脸上腼腆地笑着。

“给你。”他的声音有些低低的，让人沉迷，那瞬间从小鸠所有细胞里涌出的全是柔情。

十六岁的小鸠在家里是乖乖女，在学校是优等生，在杂志上是有灵气的写作者。因为那一个有温度的苹果，小鸠情窦初开，稀里糊涂不顾一切地投入了早恋的海洋里。用小鸠自己的话来讲，她是愿意对世界顺帖、让周围的人安心的人，但骨子里不是唯唯诺诺的姑娘。恋爱后的前几个月也晕头过，把过膝的校服裙子改短一些，在初恋勉强笑得更傻气一些，翘掉晚自习和他们一帮男生翻墙出去打台球，再晚一点去金马河边吃烧烤，初恋会把花生剥开递给她，而初恋玩联机游戏时，一窍不通的她也笑眯眯坐旁边看着他玩。

并不只是玩物丧志。初恋虽然能玩，但成绩不错，临考前两人会一起去图书馆学习，成绩没有落下，老师睁一只眼闭一只眼过去了，偶尔上课还会在小鸠回答完后点男生的名字，全班一起起哄。

初恋第一次劈腿是在高三，对象是纠缠着要回头的前女友。对方是个偏执的人，初恋抵不过纠缠就重新拥抱了。小鸠得知后果断和初恋分手，对他各种忏悔行为无动于衷。平安夜初恋在她家楼下站了一宿，第二天早上去上学时推门看到脸已经冻青的男生手里还拿着一个苹果，傻乎乎的固执模样……又是为了苹果，小鸠原谅了初恋“对旧爱的一时不忍心”。

被拒绝后的前女友把错归咎于小鸠，由此开始挑衅小鸠，逼着两人分手，有一天课间把开水打翻洒在小鸠腿上。温和的小鸠很酷，无视腿上冒起的血泡，径直起身利落地一巴掌扇回去：“有本事就抢，没本事就滚。”

初恋第二次劈腿是大一。高考后，两人进入同一所大学，系里来了一批韩国交换生，韩国妹对初恋一见钟情。异国风情的性感少女，短期停留的后顾无忧，初恋动心了。那次是真的分手半年，初恋自知理亏，明里暗里默默帮住小鸠，她颈椎不好，他往她储物柜里放护颈放膏药，她电话一停机马上去给她充上，不能避免共同出席的班级聚会，他在她喜欢的食物栏里画钩，周围的人又嗷嗷叫，一如高中的情形。

有段时间小鸠忙着写新书，忘记了交报告的截止日期，惊吓了半天发现没事，初恋知道她不擅长理科的东西，给她做了一份交了。每次组织开会，初恋总是坐得远远的，小鸠不经意回头就看到他可怜的懊悔的深情目光。七夕学校的大榕树上挂满了祝愿，室友拍了照片回来说看到初恋写给小鸠的话。不是什么特别的句子，简简单单的一句话：“希望小鸠健康快乐，顺利完成新书，别再熬那么多夜”。没有深情甜腻，却击中小鸠柔软的心。

直到第三次，劈腿对象变成小鸠的室友。据说是在找小鸠的时候，两人联系增多，室友原本暗恋着班上一个男生，找初恋出谋划策，一来二去两人暧昧了。平安夜，在室友收到的定制的特别的水晶苹果里，小鸠认出了初恋笔迹的字条。

他们的恋爱从平安夜开始，也在平安夜结束。这一次真的结束了，无论如何再也不回头。

“世界上好人那么多，可是能让你心动的屈指可数。高二那年他递给我苹果的瞬间，我真觉得是奇迹。”小鸠说，“我念及他的温柔，总舍不得，所以没办法决断。”

包容力和接受能力很强的小鸠，对生活也总是很随意，我们总觉得她是永远长不大的小孩子，带着梦想活在现实世界里。几年以后，当时一起写作的很多朋友都已经转行或者结婚，只有看似漫不经心的小鸠一直在坚持。她不太会放弃喜欢的人和物，一旦投入了感情，就不怎么改变。

“放不开手的是我自己，因此受伤也活该。”小鸠这样想的。

“你后悔过吗？”我问她。

她摇摇头：“即使遭遇过很多难堪，但投入的每一瞬间都是真心，就没什么后不后悔的。遇人不淑，也是我没有留住他的能力。”

小鸠接着说：“也许我舍不得的早已不是他，而是心动。”

05

高中我们不在同一个城市，高三约好去同一个城市念大学，也停了写作断了网络各自努力。那时候我们联系的方式是写信。拣着好天气的周末去书店，愉悦地挑选好看的信封，在晚自习给彼此写长长短短的句子。那时我们隔了一千多公里的距离，却十分亲密，褶皱的情绪和考试的压力全部装进信封投递给对方。

遥远却心心相惜。

后来大学考到同一个城市，学校隔得远，但终于想念就能马上见面。我忙着准备考各种证书，写作减少，而小鸠还在坚持，大一时出版了一本新书。

我们保持一个月见两次的频率，吃饭或者下午茶。会给对方推荐好看的书，好看的电影，遇到喜欢的饰品就给对方买一件。

大学里和初恋分分合合，小鸠总逃来找我，不哭不闹，有条不紊地告诉我细枝末节，冷静，但咖啡凉了，她的神情淡淡哀伤。而我是长期暗恋党，当时喜欢的人正和别人热恋中。我们两个爱情沮丧的人，拿不出好的建议，只鼓励对方会遇到更好的人。

小鸠会遇到更好的人。这个念头从未改变过，对此到了迷信地步。

“没有男朋友也没关系，你看，我们这样坐在一起心平气和地畅聊，原本就是不小的福分了。”小鸠笑眯眯看着我。

是啊，期待的爱暂时缺席又怎么样呢，我们还有对方可以倾诉取暖。

原本遥远的并无交集的两个人，却有了生命交融这一天。谁哭了另一个人就伸手擦眼泪，谁冷了就互相握住手，困惑了就坐在世界的角落里悄悄说着话直到天重新变亮。我的人生里，重要的不只是爱情和梦想，还有你在我身边。

天晴时陪你一起晒太阳，雨落时也与你共淋一场雨。

06

小鸠不对人指手画脚，懂得克制，常常顺着别人的话说，无足轻重的事就随着别人的心意去做。有些冷漠地划分出界限，傻气地又为别人的事伤心。

2014年冬天一个朋友突然去世，我给她打电话。

她忙着升学和找新的打工地方，每天都睡很晚。得知这个消息时，她越发无精打采，整个人很憔悴。视频里的她好一会儿什么话也不说，傻傻地发了一会儿呆，然后眼睛就红了。

“真的死了啊，好吓人。”她嘴角向下弯着，抽泣起来，用手背直接擦着眼泪，哆哆嗦嗦地说：“留下父母该多伤心，好惨。”

“要珍惜身边的人。”她自带正能量，“抱一抱。”

视频里她的表情让人心疼，之后我每天提醒她一定要注意休息，别太拼命。她说我絮絮叨叨比她妈妈更甚，笑我提前更年期。看她越来越瘦，只好隔段时间给她寄吃的，大节小节抓紧机会给她发红包。

一个人在外面有多辛苦，我清楚，一想到她匆忙赶去上课打工，大半夜还在坚持写报告或者改稿，又想到她独自去超市买菜，被挤在满是上班族的电车里快隐没不能呼吸的模样，我就心疼得不得了。

小鸠总说我对她太好，哪里好了呢？我只是尽了那么一点点力量去关心她，比起她对我做的一切简直不值一提。

大二那年，接到家里的电话说奶奶病重，癌症晚期，年事已高动手术风险太大，只能靠药物维持，家里积蓄不多，我不愿给父母增添困扰，暑假里努力兼职努力写稿。小鸠没打招呼突然跑来了，给奶奶按摩讲笑话，天热了替她擦身体，看奶奶疼起来时就躲在医院外面哭，我妈妈感叹小鸠更像亲孙女，小鸠说是奶奶好。

小鸠念过好几次的事。有年春节，奶奶给我红包时让我给她带了一个去学校。

她总记得别人对她的些微好意，然后加倍回报。

小鸠回家后给我发短信，说在我抽屉里留了礼物。我打开看，是她的存折。她说是自己存的稿费，给我交学费和给奶奶买营养品。

得知小鸠留学打算后，我也努力存钱，想帮她分担一些。

我们骨子里都是有点倔强独立的人，却在接受对方的好意时没有迟疑害羞过。不只是朋友，如亲密的家人一般，轻松自在，拥有割舍不断的羁绊。

上海的冬天越来越冷，我在手机的APP里设置了东京的天气，偶尔查看小鸠的晴雨。她也是。她总说朋友很重要，“所以我很珍惜你，Yu你要好好的”。

工作以后，身边经过形形色色的人，大家都戴着面具生活，控制着体内情绪的开关，和对自己有利的人交往，即使亲密的朋友也鲜少讲真心话。心软的小鸠却坚强地保留了真诚和坦率，相信美好的善意，也相信身边的人。

小鸠没有什么野心，自然也不擅长嫉妒。很多人都在努力踩着别人往上爬时，她对自己的定位是“能养活自己，舒服自在活下去”。这么多年，她也一直这么做的，把自己放在一个合适的安全领域里，默默努力着。

有时候我觉得小鸠的身体里装了一个开关。OFF的时候懒懒散散，稿子拖到不能拖的时候才写，ON以后又变成工作狂。她写新书的时候，散漫拖稿到最后一周，还有几万字没写，我们都觉得她交不了稿了，结果她闭门一周，不吃不喝不睡，赶着截稿日前交了全稿。认真约定的事会拼命做到，除非中间有什么让她伤心了觉得不再重要。

“做事就该有做事的样子。”她这样解释。

她常常出乎我们的意料达成某些事，骨子里带着韧劲。却又是个路痴，对感情的事也迟钝得要死，失恋后的她没一点长劲，如果对方不说，她就永远不会觉得对方喜欢自己。

研究科里的前辈对她照顾有加，她似乎也有些心动。

顺利过了日语最高等级的考试，顺利出版了新书，也顺利入了研究科，我鼓励她开始新的恋情，而她十分克制。

“我很讨厌自作多情。一旦揣测别人喜不喜欢自己，就会变得自以为是。”

“但对方也是别扭性格的话，不就错过了吗？有时候不如你主动问问看？”我鼓励她。

“我没有那样的信心，为什么不是别的人，偏偏喜欢我呢？”她又说，“而且我不喜欢那样做，倘若对方真的喜欢我却不说，说明没喜欢我到什么程度，那样我会懊恼自己的。”

那个傻姑娘，总觉得所有人都很好。

她那么骄傲，又那么无视自己的闪光点。

07

后来我请假去北京参加那个意外过世的朋友的葬礼，小鸠正逢考试不能回来。葬礼上见了很多老朋友，大家聊起小鸠，都说她很温柔很勇敢。

但我知道的，独立坚强的小鸠，却是极度缺乏安全感的。常常迷路，心软吃亏，一边相信着她能做好很多事，另一边又牵挂她的孩子气，让人不放心。

她和很多人都能轻易玩到一起，但很少主动。她的通讯录里只有几个人的号码，基本不主动给人打电话，对于在意的人更显笨拙，甚至常常惹对方生气。时间久了也就摸清她的脾气。她吃软不吃硬。喜欢说“不要”，其实更像撒娇，只要对她温柔说几句，她立刻就投降了。

有时候她对自己失去信心，问我：“Yu，我是不是特别不讨人喜欢？”

“笨蛋。”我凶她。

理智却天真的你，胆小却勇敢的你，大大咧咧却温柔努力的你，一边说着“很糟”一边又鼓励自己“会好的”的你。

怎么会不好呢。

这样的小鸠现在独自在日本，语言不通的她最初常常花一个小时才能找到回家的路。她独立很早，家里还有个念大学的弟弟，不想给父母添麻烦，所以自己付所有学费和生活费。她开始努力写稿子，拼命学好日语后去打工，她听力不太好，常常听不懂客人的要求，但因为爱笑，犯错也很快被原谅。

这样辛苦地坚持了一年，现在渐渐好转。

但她还没有交到很多闺密，也没有男朋友，在陌生的国度里，半夜回家路上遇到怪大叔只会憋足一口气拼命往家跑。脑海里冒出她可怜巴巴的样子以后就挥之不去。

候机的时间里，翻着相册里和小鸠为数不多的几张合影，又把她的朋友圈刷了一遍。

被跟踪纠缠那晚，她发了一张笑着的自拍，内容是对自己鼓励安抚的“加油”，以及对我说的“抱抱”。

她其实一个人在东京很孤单，常常觉得很不安吧，即使软弱的时候也鼓励自己要加油，对着镜头露出笑容。

耳朵里回响起那晚的风声和小鸠颤抖的声音，我突然红了眼眶。

在这纷杂的世界里，透明而轻盈的小鸠，我多么希望你幸福。

我去前台退了回上海的机票，电话里跟领导要了年假，然后买了去东京的机票。

我们可以面对面坐下来，望着对方的眼睛慢慢叙说那些混乱的事情，整理心情，互相鼓励。我想听她说考试的事，打工的事，前辈的事，也想告诉她我的工作和经历的奇葩相亲经历，我们还要聊写作，聊新书，聊毕业和未来。

而在那之前，我只想跨过时差和空间，一如多年以前，在对方软弱时，我们就给出一个大大的拥抱。

遗　失

I also want to fall
In love
With you
For a lifetime

弗罗斯特叹息：

林中路分为两段，走上其中一段，

把另一条留给下次，可是，再也没有下次了……

01

凌晨五点，火车驶过苏州河。

初冬是凝结在玻璃窗上的水汽，外面的天色很黑，两岸的路灯一路绵延开去，亮成了一片。颜慕揉了揉已经僵硬的面颊，将白色的耳塞从耳朵里拉了出来。整整两天一夜，除了其间去过几次厕所，她几乎维持了刚上车时的姿势，一个人呆呆地坐在靠窗的位置，不吃饭，不睡觉，不与人攀谈。

起初坐在对面的一对年轻男女曾热情地邀请她一起打牌，旁边的中年妇女也给她泡过一桶方便面，并且真诚地对她说姑娘是第一次出远门吧，不用怕，我不是骗子，从上车开始就没见你吃过东西，大冬天的别把自己饿着了，来把这桶面吃了暖和暖和胃吧……你放心，我不是坏人，我家女儿都有你这么大了呢。颜慕都只是淡淡地笑笑，说句谢谢，然后就没有下文了。只是萍水相逢罢了，没有人会花太多心思在陌生人身上，渐渐地，大家都只当她是个怪人，各顾各的事去了。

昨晚还拥挤不堪的车厢内此时已经空荡荡的了，剩下的小部分人也终于倦了，一人占去整排座位，毫无形象地往上一横便呼呼睡去了。脾气暴躁的列车员戴着塑料手套提着一只新的大黑袋子又挨个来收拾垃圾，骂骂咧咧的话像水一样从她嘴里倾泻而出，很多人一路过来也受够了，于是故意把更多垃圾倒到地上。

“请问——”颜慕小声地开口，“还有多久到站？”

似乎被突如其来的问话吓得不轻，列车员口气里充满了不悦：“六点到上海，还有多久自己算。”

一串开机动画之后，屏幕显示稳定下来，除了信息台发来的两条天气预报，再无其他。早就预料到的，这几年下来，颜慕已经习惯了这种安静的生活，不被谁重视也不主动去关心谁，总是一个人默默地穿梭于寝室和教室以及图书馆之间。如此重复，每一天每一天。

颜慕无数次告诉自己，我已经甘于平庸的生活了。次数多了，自己也就信了。可是确切说起来双子座的颜慕只有一半愿意接受这个事实，而不甘心的另一半其实一直都在做着挣扎，否则，大半夜翻墙跑出学校，几乎是不计后果地直奔火车站，买票，上车，直到随着火车彻底离开四川奔赴上海，又该作何解释呢？

如果说，这一切只是因为看到那些已经过去好久的温暖句子而做出的冲动举动，那么之后进行的整个过程自己都没有犹豫过，一路的顺利更像是要证明这其实是自己预谋已久的计划。

是的，这绝对不是“冲动”二字就能囊括的。

火车准点到站。不知道是因为坐得太久还是被冻坏的，颜慕从座位上站起来的时候觉得自己的两条腿麻得厉害，感觉好像不是自己的了一样。黑色的车窗里能看到自己的影子，头发凌乱，衣衫单薄，脸色苍白而面部浮肿，一切都显得糟透了，可是她无法再抱怨其他，在看到车站外面熟悉的身影时，颜慕的心脏柔软下来，只觉得这一刻，她已经等待了好多好多年。

02

其实也不过分开三年，距离最后一次见面也才过去一年半，却有种恍如隔世的感觉。

颜慕挤过汹涌的人群，带着忐忑不安以及不可忽略的小激动和小兴奋站到了乔延的面前。三年的时间，这个男生已经完全褪去了当初的青涩模样，瘦了，黑了，轮廓比以前更加分明了，连个子也好像更高了一些。除了那股子与生俱来的气质，真的，完全变了个人似的。唯一不变的恐怕也是即使在这样混乱的车站里，乔延依旧能吸引住其他人的目光，一如他们还在中学的时候。只是，那时候颜慕可以肆无忌惮地勾着乔延的脖子霸道地宣布他只属于她一个人的风景，而现在，她无法想象已经有多少女生对他做出过同样的举动。想到这个，她不免怅然若失。

“你怎么一个人跑出来了？学校不上课吗？”乔延看着她，一脸严肃。他喜欢训她的毛病似乎一点没变，颜慕自知理亏，也不好意思多说什么，只得低头看着自己的鞋尖。

“突然跑到上海来做什么？你一个女孩子，又没出过远门，路上出了事怎么办？”他凶巴巴的口气，颜慕终于不服气地顶回一句：“你怎么知道我这几年没出过远门呢？”话一出口自己就后悔了，干吗在这种时候说这样的话呢。

乔延果然闭了嘴不再多说什么，伸手接过她仅有的那只小背包，一个人转身朝着出口走去。颜慕亦不敢再多造次，乖乖地跟在他后面。

接下来打车回去的路上，两个人分明疏离了许多。乔延坐在前面，目光如炬，颜慕心里为自己刚才的表现懊恼，极力想挽回些什么，但是发现那只是徒劳。于是也不再多言，老老实实地坐在后面，已无心风景，只望着车窗外渐渐明朗起来的天空发起呆来。

乔延今年大四，已经签了一家外企，现在是实习，只等毕业了就正式上岗。他也不住学校，在外面租的房子，一室一厅，阳光充足，沙发、大床、空调、电脑，该有的都一一具备。他果然还是那么爱干净，整个屋子里收拾得整整齐齐的，茶几上甚至还摆放着鲜花，一点都不看出来这是一个毛头嫩青年的房间。

颜慕当然知道成都的物价和上海有着天壤之别，不禁对着乔延的奢侈生活唏嘘不已。乔延解释说这都是公司给他安排的，因为他刚去一个月就完成了两笔可观的生意。“那清洁做得这么好对于一个男生而言也很不容易嘛。”屋里的空调开得很足，冬日的寒意被彻底赶跑了出去。颜慕坐在大沙发上，好奇地东张西望，没有发现有女生居住的痕迹，之前在车站的不快她轻易就忘记了。乔延并不回答，也不靠近，他站在门口的位置，似乎很认真但又无意地看着颜慕。

“你看什么？”颜慕问他。

他的目光里分明带着疏离和怀疑，但是独独没有发现过分的亲密。尽管来之前就想过他势必不会给自己太多的惊喜，但是到了面临的时刻，她却依旧胆怯了，是的，即使这些年她已经习惯了被忽视被冷漠，但是，她还是害怕伤害，尤其是出自于他。

乔延没有说出什么她不能承受的话来，只是说了一句“颜颜，我觉得你变了许多”。

似是轻描淡写，不含褒贬，可是颜慕的心还是就这样沉了下来，一直沉到了最寒冷和最不愿意承认的荒芜之地。

03

这三年来改变的不只乔延，颜慕自己的变化更大。只是，两人的变化朝着截然不同的方向。

三年以前的颜慕还是十七岁的颜慕，有着姣好的容目，纯良可爱，总喜欢一袭干净的白色褶子裙，在整个西洛一中里形成一处亮眼的风景。十七岁的颜慕歌声婉转，舞姿动人，每一次艺术节的舞台上她必是最受瞩目的焦点。十七岁的颜慕总是拿着漂亮的成绩，父母均是重点大学的教授，男朋友是学校里公认的校草，那时候的乔延已然很优秀，所有人都认为他们是如此般配。总之，十七岁的颜慕拥有最美好的芳华，似乎正应了父母给自己取名为“慕”的初衷，的确，她拥有的一切都让人羡慕。

三年以前。

所有的种种都只是三年以前。

也许上天真的很公平，没有人会一直倒霉，更没有人能永远一帆风顺。二〇〇六年的夏天，颜慕的命运被上帝开了一个大大的玩笑，似乎是从这个玩笑开始的，颜慕的生活在两年之内发生了翻天覆地的变化，甚至没有办法哭诉，她的整个青春就这样被拖得曲了折。

说来也不过只是高考失利，所有人都在看到颜慕的分数时大跌眼镜，是的，那个在高三最后一期上过无数次主席台跟大家探讨学习方法，那个几乎每次模拟考都全市第一，那个放弃了C大的保送被父母期望着一定会北上的女生，高考居然连本科线都没上。这件事情实在让人匪夷所思，电话打了无数次，学校领导甚至动用了关系去查到颜慕高考的卷子，结果证明事实如此，无力回天。那时候的颜慕还很坚强，所有人对她也仍旧满怀希望，于是在哭过之后，她毅然选择了复读这条道路。

而那个夏天，乔延没有意外地考进了F大，在九月的时候奔赴上海。临行前他去学校看已经在补习班上课的她，并且给她带去了一块新鲜的冰镇西瓜，然后眯着眼睛微笑着看她小口小口地吃完。对面的教学楼的夹缝里，夕阳慢慢地坠去，天空被烧红了一片，他伸手替她擦去嘴角的一粒西瓜籽，慢吞吞地说："颜颜，补习是一件很辛苦的事情，我真怕你一个人撑不下来，只要你愿意，我就留下来。"

颜慕摇了摇头："一年很快就会过去，明年的这个时候，我就来上海找你，你可要等我，不要一进大学就被美女迷乱了心绪，红杏出墙了我可饶不了你！"

他从她的眼里看到了重新燃起的信心和斗志，于是放心地离去。只是谁也不会想到，到了第二年的夏天，她却依旧失败了，从此后失败这两个字似是烙进了她的生命里，形影相随，摆脱不掉。

第二年面对再次失败的结果，颜慕连哭都哭不出来了，一中曾经扬言说她将给学校创造一个新的传奇，如今也已变成了一个冷笑话，说出来都觉得是个讽刺。向来对她期望很高的父母自然也不相信自己如此优秀的女儿会过不了高考这一关，即使面子上挂不住，但是还是鼓励颜慕不能将就，爸爸甚至当即拍桌子敲定，颜颜非北大不上！这一巴掌拍得很响，于是颜慕收拾了行李独自去了城市边缘的一所小学校补习，一个人，不认识任何人，更重要的是，也没有人认识她。即使颜慕心理足够强大，但是要在一中待第三个高三，她还是有点勇气不足。

那一年的夏天，乔延从上海回来，将已经快要撑不下去的颜慕紧紧抱在了怀里。眼泪终于大颗大颗掉下来，那是屈辱的不甘的无望的眼泪，颜慕问他："乔延，你相信我能做到吗？"

"能。"

他眼睁睁地看着这个曾经自信满满的女孩被生活折磨成如今这般无助的模样，只觉得心脏被人一刀一刀隔开，比死了还难受。

终究还是没能去成北京，也没去成上海，颜慕觉得自己就犹如一只蓄势已久的蚕茧，在迫不及待地终于等到了化蝶的那一刻时，却不小心折断了翅膀，挣扎了一次又一次，最后连仅有的残翼也终于被时光磨得消失殆尽，不得已掉进了冷暖的世界，伤口迟迟不肯愈合，终于在某天彻底丢了之前的骄傲，在陌生和无措中愈发显得狼狈和不堪。父母终于失望，自己也不再挣扎，二〇〇八年的夏末秋初，颜慕拖着行李站到了C大的校园里，这原本是两年以前就能直接来上的学校，兜兜转转，最后却还是回到原地。

只是，那已远远不是二〇〇六年的原地了。如果说当时就接受保送，也许直到现在颜慕还能带着不曾丢失的光芒在平坦的道路上向前奔走，众人眼里，她还会是那个完美的颜慕，让父母骄傲的好女儿。

可是没有如果。是的，一切都已经改变。到了二〇〇八年，距离二〇〇六年不过相差了两年的时间，十九岁的颜慕却已沦为了学校里再普通不过的女子，没有了十七岁的光芒。那个过去的自己摇摇曳曳地存活在记忆里，仿若不太真切的影子，除了自己偶尔惦念，恐怕任谁也不能再把两者联系起来。二〇〇八年的颜慕，已经没有了乔延在身边。

造化弄人，大概就是这个意思。

04

乔延一直催促颜慕去洗个热水澡然后去好好补补觉，但是颜慕死活不肯现在就去。两天一夜的火车硬座确实让她饱受折磨，不过也正因为如此她格外珍惜与乔延相见的这段时间，也许是这几年养成的不确定让她总有种马上就会失去的恐慌感，所以她还真有点怕一觉醒来才发现这不过只是个梦境而已。醒来之后她从不曾到过上海，也不曾见过乔延，所有的生活仍旧一潭死水没有起伏。

不知不觉就到了中午，乔延亲自下厨，颜慕倚在厨房门口看他淘米切菜，样样都做得有板有眼，没有想到这个曾经的家务白痴竟然也会有如此贤惠的一天，颜慕忍不住感叹。

“你想象不到的地方还多着呢。”乔延板着脸，话语里却有掩盖不住的得意。

高中时两个人常常一起吃饭，同喝一碗粥的时候也有，那时候都还年轻，正是青春肆意的年纪，又是王子和公主的完美一对，于是恨不得把心底里满满的幸福溢出来给所有人看到。如今两个人又坐到了一起，几个菜都是颜慕的最爱，没想到乔延竟然都还记得，颜慕心里涌起一阵感动，吃到嘴里的土豆块却变成了苦涩的味道。

“颜颜，你为什么会突然来上海？”他终于问她。

她无以对答。任何的理由说出来都显得苍白无力，“我很想念你”这样的话又让她有何颜面说得出口。以他对她的了解，自然从她闪烁的眼神里看得出一二，但是他装作不知道，便要她回答，可是最后她终究选择沉默。

他看得出她这些年过得不好，皮肤虽然还过得去，却显得苍白病态，头发已经长得很长，但是缺乏打理而显得憔悴凌乱，让他深陷进去的那双水汪汪的大眼睛，如今也似乎快变得干涸。她咬着筷子，不说话。乔延叹了口气，对她，他一直都那么无奈，只要她眼神里流露出一点点慌乱，他都会心生不忍，三年前一样，到了如今，也仍旧没有改变。

他伸手去替她揩脸上沾到的饭粒：“你呀，吃东西就像小猪一样，每次都要弄得满脸都是。”他的动作太过细心太过温柔，把她的记忆一下拉回到了二〇〇六年的那个夏天，那时候他曾眯着眼睛微笑着看她小口小口地吃完冰镇西瓜，然后轻轻地擦去她嘴角的一粒西瓜籽，并且告诉她“我真怕你一个人撑不下来，只要你说，我就留下”。难过的情绪不可抑制地排山倒海而来，眼泪终于冰释，颜慕抽噎着有些语无伦次：“乔延，对不起对不起对不起……”

一直以来乔延最怕看到她的眼泪，每次看到她哭他都觉得世界末日般糟糕，面对突然崩溃的颜慕，他显然有些手足无措，最后，他低头吻了她。吻得很慌乱很霸道，好像是想把她吃进肚子里，却又怕伤着了她，吻得很无奈很悲凉。时间就这样被拉长，世间所有的喧嚣都顷刻远去，颜慕睁大了眼睛，脸上很惊恐，脑袋里却一片空白，就连眼泪也忘了掉下来。慢慢地，她闭上了眼睛。

吃晚饭乔延借口有事要出去，颜慕自然不阻挠。他的吻来得突然，两个人都需要好好厘清自己的头绪。颜慕去浴室里洗澡，热水让她清醒过来，此行她并不奢望挽回什么，但她感觉得到乔延还是在乎她的，仅这一点便足以弥补她不远千里跑来。“何必想太多呢，至少你已经知道，他并不是彻底忘了你。”颜慕自言自语，即使是自己说出的话也能让她感到愉悦起来。

把乔延的T恤当成睡衣穿在身上，然后躺进了他暖暖的被窝里，颜慕的满足感一下就跃了上来，很久以前她也曾认定以后会和乔延过上如此平静的生活，一起逛街一起做饭一起看电视，晚上在他的怀抱里沉沉睡去，她想要的，不过只是这么多，没想到这些微小的暖，竟也成了她不可触及的远。这个男生已经渐渐有了可以称为男人的稳重和魅力，他正在越来越好，前途一片光明，而自己呢？想回到过去都已不可能。他们似乎已是两条相交过的直线，未来只会越隔越远，不再有相交的机会。

颜慕在睡梦里潸然泪下。

05

睡得迷迷糊糊地听到门铃再响，以为是乔延忘了带钥匙，颜慕急急忙忙地跑去开门，情急之中，连拖鞋反穿了也不自知。首先看到的却是一束红红的玫瑰，然后是花束后面突然伸出来放大了的一张脸，以及一声故作恐怖却依旧清脆的“大乔乔！”颜慕着实被这突发情况吓得不轻，待双方看清楚之后，两个人都明显一愣。

“你是大乔乔……呃，乔延的亲戚？姐姐？妹妹？”那女孩疑惑地望着颜慕，自顾猜测开来。

不清楚她的身份，颜慕也不敢捏造，只得保守地回答说：“我是他朋友，过来看看他。你是？”

“朋友？以前的同学吧？”看到颜慕点了点头，女孩眼珠子一转，甜蜜的笑容跃了出来，“嘿嘿，我就说嘛，不是女朋友就好。对了，麻烦你先让让，我得先去把花换了，这样才能多保持几天，不然花就要死啦。”

颜慕急忙闪开身子让她进去，只见她甩掉鞋子就往客厅跑，光穿着袜子，连拖鞋也不换，她把茶几上的花束跟带来的玫瑰花换上，然后用口袋把旧花束包好放进垃圾桶里，又往花瓶里添了些水之后，终于拍拍手说了一句“OK，大功告成！”回头看到还站在门口的颜慕，急忙冲她招手，“姐姐，你过来坐呀。接下来我要郑重地介绍下我自己——我就是乔延的铁杆粉丝忠实追求者N号陈小曼同学！”

她说完又站起来摆出一个动感超人的手势，脱掉了白色的羽绒服，她只穿着一件蓝色的低领毛衣和小短裙，笑的时候露出两颗小虎牙，十足的元气少女模样，让原本安静的屋子瞬间热闹了起来。颜慕坐在沙发上，看到她这个样子，也不禁微笑了起来。

“你喜欢乔延？”

“当然。”

“可是为什么是N号呢？”颜慕不解。

“很简单啊，乔延那么棒，咱们F大的校草，谁不喜欢他啊？所以我是N号，不过我绝对是最喜欢他的一个，别的人可比不过我。”陈小曼说这话时特别自信，有点夺冠了眉飞色舞的自豪。

早就该想到，优秀如乔延，中学时因为成绩好长得帅身边总是一堆追随者，即使有着她这个正牌女友，别人也不见得就此死心，更何况大学里的他又加上了重点大学高才生、家境优渥、工作前景良好、无不良嗜好，尤其是单身帅哥这一点，自然免不得让他成为女生竞相追逐的对象。自己来时怎么就那么笃定他至今仍是单身，此行不会引起误会呢？颜慕苦笑，心里竟有几分后怕。

“你是他朋友，他能让你穿他的衣服一定跟你关系很要好，你快跟我说说，他说他有女朋友是不是骗人的？”陈小曼紧张地看着颜慕。

“他有女朋友？”颜慕反问回去，这个她真的不知道。

“嗯，他一直这么说的，可是谁相信啊，大学三年了从来没见过他身边有女孩出现，大家都怀疑大乔乔是个GAY呢，哈哈哈哈。”陈小曼似乎很容易被自己的话感染，说到这个，她忍不住哈哈大笑起来。

颜慕笑不出来，有些呆住了，满脑子只在想乔延有女朋友了？他有女朋友了？他有女朋友了？

陈小曼很快撇开刚才的那个问题，和颜慕聊起天来：“姐姐，你和大乔乔是高中同学，你是不是也快毕业了，这次是来上海实习的吗？”

“……不是，我只是来上海看看，一直很喜欢上海呢，却没有机会过来。”颜慕避重就轻，她这些年实在尽显老态，小姑娘一看就知道她比自己大上很多，她实在说不出口“我和你一样才大二”这样的话。连续三年的高考是她心里永远的耻辱，她从来不愿意多谈。

正在尴尬的时候，幸好乔延回来了，陈小曼在看到乔延的瞬间两眼发起光来，冲到门口去接他，喜欢之情溢于言表，乔延对她倒是无多少特别之处，只一眼颜慕便知乔延不喜欢陈小曼，这让她再次松了口气。

06

以陈小曼黏人的程度，晚餐自然变成了三个人一起。乔延似乎并不乐意，但是陈小曼笃定有第三个人在场他不敢做得太绝，于是死缠烂打，最后她谄媚说可以带他们去吃好吃的，颜慕看不过去那么可爱的女孩被残忍拒绝，于是帮腔说我懒得来上海，正想去吃点什么好吃的呢，于是乔延才答应下来。

三个人坐地铁去了南京路，然后颜慕站在外滩上眺望到浦东陆家嘴金融贸易区新貌，之后乘外滩观光船过江，最后晚餐在离浦东江边不远的湘菜馆“爱晚亭”吃的。似乎是第一次跟乔延吃饭，陈小曼显得格外兴奋，拿着菜谱点了沸腾鱼、手撕包菜、剁椒鱼头等菜，并且有些得意地告诉乔延和颜慕说这家湘菜馆的菜很好吃而且不贵之类的。“爱晚亭”的名字很好听，人很多，环境不是太好，乔延很少说话，认真地翻看着菜谱，他有时看看颜慕，说：“要不然我们换家地方吃吧，你爱吃火锅和烧烤，我们去吃这些？”

“湘菜也不错，我没关系的。这家店也挺好的，名字我很喜欢。”颜慕说。

“对啊对啊，我也是喜欢这家的店名才喜欢来的呢。”陈小曼附和，然后殷勤地望着乔延。

这顿饭的气氛吃得很怪异，三个人各怀心事，陈小曼一直试图找话题，无奈另外两个人并不配合，最后扯到实在没什么可说的了才想起一个：“啊对了，姐姐，你知道大乔乔为什么会和他女朋友分手吗？”

颜慕正在喝水，一下子被呛住，满脸通红咳嗽不止，乔延赶紧帮她拍背让她好过一些，从来没见他如此悉心地对过哪个女生，陈小曼看着两人，有些醋意地别开了头，然后听到乔延慢条斯理地帮忙代答：“你错了，不是我要和她分手，我才是被人甩的那个。”

“啊？！”陈小曼瞪大了眼睛惊呼。

颜慕咳嗽得更厉害了，她冲大家示意了一下然后跑到了洗手间里，对着水槽哇哇地吐了起来，心里难受着，眼泪都被憋出来了却什么也吐不出来。

没错，当年并不是乔延主动离开颜慕，他们的分手是因为颜慕的背叛。

二○○八年的圣诞前夜，为了给颜慕惊喜的乔延逃了课从上海赶回。其实颜慕补习这两年两人的联系已经很少，怕打扰她上课，乔延只在想念到不可抑制的时候才给她打上一通电话，信却是每周都写的，一封一封寄来，告诉颜慕他一直都在，时间很快就会过去，他们以后就将永远在一起。他坚持给她写信让她不感到寂寞，却并不让她花时间回复，偶尔电话也是草草结束挂断。她这一年成绩下滑得厉害，言语之间多是自责和无望，几乎是要放弃自己的地步，每个人都有自己的心理防线，更何况是颜慕这般从未尝试过失败的蜜糖女孩？即使颜慕表面上不动声色地在补习班里坚持着，可是连续两次的失败怎么会真的一点影响都没有？身边的人已经不再把自己当成关注的焦点，可是父母却一直等待着她金榜题名的翻身之日，天知道下一次的结果会如何，压抑和悲愤纠缠在心里，颜慕无数次从噩梦中惊醒过来。可这些，颜慕从来不告诉任何人，包括乔延。

同班的人都知道颜慕的完美男友在大名鼎鼎的F大，钟情于她，不管等她多少年。他们并不知颜慕也是带着光芒一路走来，只知道这个补习多年都未能考上的女生除了长得有些许好看之外并无其他过人之处，于是羡慕她，在自身难保地泥泞补习生涯里，有乔延这样的男朋友成了颜慕唯一让人羡慕的地方。终于决定分手，这个念想来得突然，可是还是在乔延突然出现在自己面前时狠下心来。

“这两年来我想了许多，难过无助的时候你不能陪在我身边，很多时候我孤立无援，感觉不到你的存在。而且你此后将一帆风顺，而我可能永远也过不了高考这一关，我们的距离越来越大，这让我感到害怕。我现在需要的并不是你遥远的想念和没有温度的信件，我需要真实可触的臂膀，在这样的时候与我共同进退。喏，你看到坐在最前排的那个男生了吗？他每天晚上都给我买消夜陪我熬夜做题，半年下来，我觉得也许我们才更为合适。对不起乔延，你不必再等我，我们已经不再适合在一起。”

这些话说得无比顺口，好像早已排练好了一般，颜慕说完后面无表情。

“颜颜，我知道你这两年过得辛苦，我也后悔当初没有狠下心来陪你度过最难熬的日子，可是请你不要自暴自弃好不好？无论你这一年考到什么学校，或者就算你不上学了也无所谓，很快我就毕业，以后我可以养你，我们会永远在一起。”

“不是这样的，我只是想和你分开，你太优秀，你的优秀只会让我想起过去的自己和如今的可笑。我也不知道我为什么会变成这样，可是又能有什么办法呢？为了我那点仅剩的可怜的自尊，请你离开我。”

看到乔延离开的背影，颜慕几乎立刻就后悔了，可是在那段她最灰暗、最痛苦的日子里，她快要抓狂了，却一个字也喊不出来，她迫切地需要一个发泄的切口，只有他还爱她，没有别的人选，所以她伤害他。她只想抛弃所有的一切，也许那样她才会慢慢冷静下来，可是这耗费的时间太长太长，回过神来，他已经不在身边好久好久。

她并没有移情别恋，可是这段维持了四年的感情，终究是她先有了背叛。

07

晚饭过后先送陈小曼回去，不知道颜慕在洗手间的时间乔延对陈小曼说了什么，一路上陈小曼安静了很多，全然没有了来时的激动和兴奋。一个人自顾自地走着，低着头，有时候踢踢脚下的石头。她是心无芥蒂的女孩，上海本地人，长相讨喜，又是F大的才女，就像……就像中学以前的颜慕。只是她不如颜慕的运气，遇到乔延时注定晚了一步。

夜晚的上海格外美丽，颜慕有些沉醉于这样和乔延肩并肩散步的情景，只是终究是冬日，上海的夜晚要比成都冷上许多，来时颜慕并无多大准备，衣衫单薄的她不禁打了一个哈欠。乔延皱皱眉头将羽绒服脱下来逼她穿上，颜慕看到陈小曼似乎快要哭出来了。

陈小曼快要到家时突然又变得开心起来，蹦蹦跳跳地过来拉着颜慕的手姐姐长姐姐短的嘻嘻哈哈。如同小孩一般，心里想什么脸上就表现什么，让人实在心生喜欢。

“对了姐姐，我还不知道你的名字呢？”她笑眯眯地问她，亮亮的眸子在夜色里格外动人。

“颜慕。”

“颜色的颜，羡慕的慕吗？”

“嗯。”

陈小曼点了点头，眼角弯弯，这次是真的笑了起来，她凑过头来跟颜慕说了些什么，颜慕也跟着笑了起来，乔延好奇地看着两个奇奇怪怪的女生，却不好意思去听她们在说些什么。陈小曼到家了，她挥挥手同乔延道别：“大乔乔，你第一次送我回家哦，我真开心。大乔乔，再见啦！”

——这一次，真的再见了。

回来以后离睡觉的时间还早，乔延打开电脑处理一些还没完成的工作，颜慕躺在床上翻他那些厚厚的书，他们的专业并不相同，实在看不懂，于是放下了专心地盯着他的背影看。他认真工作的样子很有魅力，让她着迷，幸好是背对着的，她就这样看他，肆无忌惮。时间多么神奇又多么恐怖呀，不经意间改变着一切，让人毫无察觉，待到清醒时才发现所有的一切都已经物是人非。

“陈小曼后来跟你说了什么？”乔延忙完工作，难得好奇地问道。

“女生之间的秘密，不告诉你。”颜慕眨了眨眼，小心翼翼地试探，“乔延，陈小曼那女孩其实挺不错的。”

“嗯，是不错。那又怎么样？”乔延反问。

“你没想过……没想过要和她发展试试吗？”

“挺好的？所以你就让我跟她在一起？”乔延突然变得很生气，“颜慕，为什么你总是那么自以为是地安排我的生活，什么适合我什么不适合我难道我自己不知道吗？不劳你千里迢迢从四川跑到上海来对我的情感生活指手画脚。”

“我只是觉得……觉得她挺好的。”他第一次直接叫她的全名，带着陌生，让颜慕恐慌。

“可是我不喜欢她，你不觉得吗，她实在太像一个人了。”

“谁？”

“过去的你。”

说出这句话终于不能再伪装，乔延怨恨的目光让颜慕浑身上下感到一阵寒意。他果然还是没有忘记的，自己给他带来的伤害，“就算你已经不爱我，也请保留我对过去的唯一一点美好记忆，不要让我彻底地觉得当初看错了你。我真是犯贱才等了你这么久，结果你一来只是想把我往别人身边推。既然你如此看轻我和我的爱情，那么我也没有必要一直犯傻下去了。”

乔延把卧室让给了颜慕，抱着被子和枕头去了客厅睡沙发，门关上那一刻，颜慕只觉得自己陷入了无边的黑暗里，没有救命的稻草，整个世界只剩下她一个人独自沉沦。他还是怨她，他们果然走到了尽头，藕断丝连又如何，终究回不到完整的过去。悲伤无法抑制。

是那样的吗？她自以为是地安排着他的生活，当初他要留下来，是自己让他放心地离开，最后又指责他的不能陪伴让自己孤立无援。她要分手，于是说狠话中伤他，迫使他离开，如今终于忍不住来上海看他，于是又期待着他一如从前的真心相待。她不是不知道他还爱着她的啊，不然分开这么久了他都没有换手机号码，让她终于想念他到快发疯的时候轻易地就找得到他？而她却吝啬地连一句“我很想念你”都说不出来，一句都说不出来。

明明开着空调却仍旧觉得冰冷不已，颜慕蜷缩起身子，却还是冷得直哆嗦。陈小曼最后对她说的那番话又在她耳边回响起来，她说：“原来你就是大乔乔出走的那颗心，颜慕姐姐，欢迎你的回归。”可是，中途她迷失了一段路程，遗失了原本前进的方向，如今，她还能回归吗？

明天，也许她就该离开这里，从此不再对他的生活有任何打扰。再也不能继续伪装，颜慕把头深深埋进了枕头里，咬紧了嘴唇，眼泪成灾。

半夜，迷迷糊糊的她感觉到有人从身后抱住了自己，是曾经幻想过无数次的温暖胸膛，她紧紧地贴了过去，并未完全醒来。半梦半醒之间，她听到乔延的声音，脆弱的屈服的毫无办法的：“颜颜，你说我该拿你怎么办呢？”

有温润的液体滴落到她的脖子里，让她心疼到快要窒息。

她睁不开眼睛，不知道这是梦境还是现实，可是她嘟囔着还是说了出来，她知道自己必须要说出来，无论梦境还是现实，她都要说出来的话：“乔延，我爱你。”

与你告别悄无声息

I also want to fall
In love
With you
For a lifetime

“以后”不是虚无缥缈的名词，

而是我曾幻想过的，和你一起去往的未来。

01

“晴里。”

很久以后，那个温暖的声音依旧会出现在梦里。满山的葵花开放，一寸一寸黄色的脉络，在暖暖的阳光下清晰得如水般浮动。然而收容进视线，却如针线般牵扯住眼球，滋生出硬生生的疼痛在心间蔓延。

每次醒来，脸上总是沾满眼泪。静谧的夜就这样变得冗长，浑身上下似是淋了场大雨，几缕湿润的头发沾在额上，湿漉漉的。

黑暗里，视线没有焦距地在巡回。大街上的霓虹闪烁，一壁墙，一扇窗，分割出两个世界。即使看不见任何东西，也会觉得此时的眼睛在黑暗里显得特别明亮。

夜晚的风有气无力地拍打着窗子，偶尔闻得叶子坠地的声响。

——林加彦，我还没有忘记你。

——你呢？

02

该怎么形容那个夏日呢？

午后的斑驳时光，在墨绿色的叶片间留下来过的痕迹。

纹理清晰，繁衍成荫的气势，不可抵挡地生长。

拖着行李箱的少年，被叮三嘱四的女生，惺忪的双眼，假期里弄得很奇怪的发型，折了角的作业本，空白着的练习册，久置不穿的校服……一些乱七八糟的东西就这样像放映影片一般在大脑中得到剪辑，记忆里出现微亮的光，似乎又在沉睡中度过了一整个暑期的时光。

晴里揉揉太阳穴，然后迈着有些疲惫的步子去教务处领新学期的花名册。走廊上却被教导主任叫住。“又有新同学转来吗？”晴里跟在教导主任的身后，自顾地猜测着。

晴里的猜测很快便得到了证实，在办公室里，那个新同学正坐在沙发上随手翻阅着学校秦裤运动鞋，不张扬，浑身上下散发出一种吸引人的光晕，深邃的眸子里尽是沉稳。在主任的介绍下，他对她友好地笑：“你好。”

温和的气息袭来，晴里微微一怔，竟有一刻的恍惚。相比较起去年转来今年有转走的那个大胖子许广东，今年转来班上来的这个男生，应该会让班上的女生们欢呼雀跃了。

“林加彦。”

晴里站在讲台上向大家介绍新同学的名字。

还在介绍的声音淹没在台下涌起的欢呼里，晴里看到大家自动忽略掉自己的目光，无奈叹口气。

03

晴里十七岁，高二，在新园高中里尚算小有名气。

成绩好，目光清冷，会写文章，老师交代的事认真做，和大家自然平等地相处，不会攀比也不计较。只是些微小事，却也让人觉得有属于自己的独特气场。

晴里永远不会像其他女生一样担心夏天出门是否会被晒出雀斑，一个月不去美发店是否会没了发型，聚会的时候不加粉底是否会显得憔悴。永远不会费大力气去化妆，穿合身的衣服，干净得体地出现在合适的场合。没有惊艳的眼神，却也换来不少欣赏的笑意。

荷尔蒙旺盛的年纪，优秀的女生，长相尚可，自然也会引来无数爱慕的眼球。来表白的人却不多，尽是失败而归。也羡慕过晚自修后悄悄牵手去操场散步的情侣，但晴里明白，对于此刻的自己而言，比起恋爱，还有更重要的事做。

也会遇上性格差的人，严野便是其中一个。男生是文补二班的体育委员，成绩不错，偏偏不是安分的男生。打架，斗殴，性格张扬，不可一世。一周换一个女朋友的速度，却仍旧有大把大把的女生为他疯狂。

而晴里却眼也没眨就拒绝。女生忽略掉严野脸上红一阵白一阵的表情，头也不回地转身离开。在一堆围观者面前，严野原本得意的唾手可得就这样被轻易击碎，认为晴里是欲擒故纵，阻拦纠缠好几次，得到女生冷冰冰的“你这样我很为难”的答复。

于是在晴里做完值日的一个晚上，几个男生在走廊上将女生拦截了。

“你装什么清高？”

被围在中间的晴里沉默着，目光冷静镇定。偶尔低头看着自己的帆布鞋，是干净的白色，兴许是灯光的缘故，现在看起来却成了灰色，有点脏的样子。

腕表上的指针往前跳了一个刻度，晴里终于疑惑地看着他们：“高三很闲吗？”

不是想象中的惊慌失措，女生一副事不关己的从容反倒使男生们少了发挥的空间。大家无所适从的样子显得很无辜，恼羞成怒地扬起手吓她：“你看不起我们成绩差是不是？！”

女生条件反射闭上眼睛，疼痛感却没有传来。

睁开眼时看到对方扬起的手在半空定格。

所有人都将目光转移到身后。

“你们这样不太好吧？”

身后的男生长腿一迈，伸手拉住晴里的手，将女生挡在自己身后。

晴里抬起头来，望着这个出现的男生。彼时，走廊上昏黄的灯光，男生温柔的侧面，淡定的眼神，白色的衬衣，长廊上单薄的影子……就这样一一呈现在女生眼前，如此清晰。

忽然想到小美人鱼花园里的那尊漂亮的王子雕塑。

瞎想什么呢，晴里回过神。

“我们只是想和她谈谈。”为首的男生笑着搭上林加彦的肩膀。

“她似乎没有时间和你们聊天。”

“老师教过你多管闲事是个贬义词吗？”

“那你们试试看。”男生沉下声。

说出这句的时候，连躲在身后的晴里也明显感到护在自己前面的这个男生身上突然散发出一种慑人的气魄。没有根据，也不凶狠，却有力量。

不远处的走廊上，准备回家的教务主任正朝这边走过来。

高三被处分不是小事，几个男生一时陷入慌乱，表面却不甘心地死撑站在原地。

林加彦趁机牵起晴里的手离开。走出一些距离后，晴里回头，看到教务主任正在训他们的话，大概是“这么晚还不回家”、“要高考了还一起玩什么”之类的，看到之前还凶巴巴的男生们垂着头的模样，不禁觉得好笑。

来到走廊的另一头，林加彦放开手。晴里依旧安安静静的，脸上漾着笑意。

“不害怕吗？”

“害怕的哦。”

“那为什么不逃走？”

“逃走不能解决问题。”晴里的笑容更深一些，“林加彦，今天谢谢你。”

或许是因为那抹微笑，隔了好一会儿男生轻轻叫了她的名字：“晴里。”

“嗯？”背对着光，女生看不清他脸上的表情。

“总觉得你像某种花……”林加彦想了想，自顾笑起来，“像向日葵。”

灿烂，独立，永远抬起头。

所有人都觉得你温和冷漠，他们却看不到你孤独的坚持和脆弱。

——不明白你往前走只是为了追逐光。

04

升入中学后，晴里独自来到这个陌生的城市上学。

很小的时候女生和父母一起住在乡下，后来为了养家，父母去了广州工作。每月汇生活费过来，留下晴里一个人在这边生活。

晴里不喜欢与人过多接触，空时常常一个人躲在屋里写字。渐渐地，写故事成了她抚慰自己的唯一方式。自己的文字变成铅字已不再是什么新鲜的事情，加上成绩优异，渐渐收获一些光彩。

可是，又有几个人明白那些隐藏在文字背后的孤独？

一个人的大房子，又有几个女孩子忍受得了那份空洞的安静？

大家都觉得晴里温和冷淡，却又有几个人看得到那颗小心翼翼的心？

做好自己的事，不给人添麻烦。有些害羞，有些胆怯，十七岁的女生只是这样而已。

“你像向日葵。”

听到这句时，晴里愣在那里。

有一瞬间想过的，伸出手去，拥抱站在面前的男生。

不是因为好看的容目，温柔的性格，又或者是优等生。

喜欢一个人不需要多余的理由，有时只需要一个瞬间。

05

同班同学，如果不刻意避讳，想要不熟络的概率有多少呢？

不过只是收发作业时女生添上一句“这次的题好难做哦”。

不过只是大扫除时男生无意地说“我坐后面方便，到时给你先留上一把扫把”。

不过只是办板报时，女生说“听说你的字很好看，留一板给你写怎么样”。

不过只是放学回家时，男生说“原来顺路呢，好巧”。

晴里和林加彦变得熟络起来。

林加彦住在顺承街，晴里住在清桐路，一条街的距离。每次在顺承路口分手，女生一个人慢慢穿过清桐路的巷子，左转，四楼，402号，开门，到了。

阳光温暖的午后，晴里喜欢坐在窗台边上望着天空中大团大团的云朵发呆，大多时候埋头写故事。听说她发表了很多文字，但拒绝给林加彦看。

“现在的太青涩，等以后我写得很好了再给你看好不好？”

“好。”

那时候他们常常说以后。

以后写很好的文章给你看。

以后去同一个城市念大学。

以后也要一直做朋友。

“以后”不是虚无缥缈的名词，而是我曾幻想过的，和你一起去往的未来。

06

7月24日。

晴里踮起脚轻轻地撕去一张日历，这个用粗线条勾勒出的日期便赫然闯入了她的眼球。手指摩挲而过凹凸不平的字迹，眼睛漾起一丝笑意。十八岁了呢，好快。

给自己做了面条，还细心地放了一个鸡蛋在里面。一个人生活了几年，晴里做饭的手艺也不是没有进步。才吃几口，电话铃突兀地响起，晴里吓了一跳，放下碗筷跑到客厅里接电话。

不用想也知道是妈妈打来的，说是汇了钱过来，让晴里去给自己买好吃的。

长长的线路阻隔，晴里握紧了话筒细听妈妈的声音，要说起来，好久都没听过妈妈的声音了呢，带着疲惫与沙哑，晴里心疼地去感受着那份遥远的温暖。

“要好好照顾自己。”晴里听出妈妈已经哽咽的声音。

因为是长途，所以没有过多的说话，电话那头很快传来忙音，晴里揉揉眼睛放下了话筒。

再也吃不下去了，晴里有点可惜地把没吃完的面条倒进水池里，低头的瞬间有涩涩的液体流下来，晴里很快用手将它们抹掉了。

开门的时候竟看到林加彦。他手里提着精致的蛋糕，冲晴里温暖的笑。

“生日快乐。”

他带她去看葵花，去看那温暖的颜色。

晴里从未看到过如此多的葵花。一片连着一片，散了满山。夕阳的余晖洒下来，给那一抹抹明黄色平添了一份妩媚与哀伤。

晴里好奇：“你怎么知道今天是我的生日？”

“想知道的事就能知道。”

“故弄玄虚。”

林加彦腼腆地笑起来。

记忆里时光停滞在那片葵花田里。

记得很清晰的一个细节是，男生用手轻轻盖住女生的眼，轻轻浅浅的风把他的声音吹入耳际：“晴里，你看到温暖了吗？”

明明被遮挡了视线，却仿佛看见天空下，寂静的葵花在那瞬间绽放，她们一朵一朵静静地打开花蕾，面对阳光露出温柔的笑脸。

他手心里的世界，很美。

而他手心里的温度比日光更暖。

07

——晴里，生命就像是乘车，每一站陪在我们身边的都会是不同的面孔。如果，我请求你给我一个位置，你会不会让我陪你一直走到终点？

后来林加彦也想过，如果那天对她说这句话，就好了。

08

秋天学校组织旅行。

小时候和父母去田间的时光很美好，离开乡下后渐渐少了与大自然接触的机会。确定旅行时间后，女生兴高采烈地和林加彦去超市采购，看着晴里恨不得买空货架的模样，林加彦伸手拉住她：“我们不是要搬家哦。”

像新婚夫妇吗？

晴里脸烫起来，嘟囔着：“要去三天呢，东西不够怎么办？”

“不是深山，听说附近也有便利店。”

“啊，这样。”女生放下手才三秒，“长途车好几个小时，出汗的话，湿巾很重要吧？”

林加彦笑起来，接过她手里的商品放进推车：“嗯，很重要。”

之后精挑细选，再把多余的东西退回货架，提着东西出来时天已经暗下来。

步行回去的路上，望着男生提着袋子的背影，晴里双手背在身后，愉快地跟随着他的步伐：“林加彦，和你一起逛超市总是很开心。”

——和你在一起，总是很开心。

秋游地点是清嘴山，出了城还有一段长长的路。

巴士上，由于前夜太过兴奋的女生已经沉沉地睡着了。转弯的瞬间由于惯性左倾，怕她脑袋撞到玻璃，林加彦伸手把女生拉过来靠在自己肩上。

四辆巴士一路往前，窗外的景色变换，车内被嬉笑声填满。

如果一直这样开下去，顺利到达目的地就好了。

可是出了意外。

晴里在一片嘈杂声中醒来，车子颠簸得厉害，有人尖叫，有人情绪激烈地哭泣，所有人脸上都带着恐慌，车窗外是急速变换的风景，突然醒悟过来似的，女生的心顿时像被塞进了一个细细的瓶颈里，挣扎着不能呼吸。

回过头，看到正盯着自己的神色慌乱的林加彦。

“我们会死吗？”

读出女生眼里的话，林加彦把晴里紧紧拥入怀里，没有人再来注意这过分的举动。

“我们会很安全。有我在，别怕。”

失控的巴士行驶速度越来越快，身体跟着东倒西歪，常常因为惯性太大而硬生生地撞到扶手或者玻璃上，可是已经感觉不出那些细微的疼痛了。明显听得到车轮与地面急速摩擦的火花声，最后晴里看到司机回过头来绝望的眼神，于是闭上眼睛，眼泪汹涌而至。

紧接着是一阵头晕目眩地下坠：“林加彦……”

由于车子自身的老龄化，加上前一天在维修过程中工人的疏忽，刹车的零部件松懈，导致行于清嘴路口时转弯不及时，车身坠于山坡之下，造成新园中学某班七死二十四伤的惨痛事故。

医院大厅的电视屏幕里，主持人一脸沉痛地报道。

病房里的空气充斥着浓郁的消毒水味道。林加彦睁开眼睛时，头痛得厉害，母亲坐在病床边抹泪，看到儿子醒过来，立即欣喜地去叫医生。

等确认林加彦已经脱离危险期，母亲才终于松了一口气，紧绷了一周的神经终于松弛下来。双手合十，感激上苍。

“晴里呢？”林加彦问。

“加彦，这个你先别管。乖，先养好病再说好吗？”

“她还好吗？”林加彦继续问。

“加彦……”

“她也是安全的吧？”

“你的那个同学好像伤得很重，听医生说大概是不行了吧……”

男生疯了般从病床上起来，拔掉点滴就要去找晴里。母亲急忙上前抱住他，满是心疼和惋惜地说：“她已经不在这里。前几天晚上她父母赶过来，说既然不行了，就带她回老家去吧。”

林加彦浑身无力地跌坐在地。

09

完全陌生的南方小镇，本来对出游已经完全没有兴趣的男生被系里的朋友硬拉出来。

“都大三了，林加彦你还没和我们一起出游过！”

即使朋友们不停地埋怨，心也没有动摇半分，只是当他从朋友们口中听到熟悉的地名时，微微一怔，尘封的记忆轻轻地浮出了水面，心中不免又是一阵隐隐作痛。

那个小镇，好像是她跟自己提起过的家乡吧。

林加彦自恃方向感很强，却在一条叫作小北街的地方与朋友们走散了。行李背在朋友身上，手机和现金都放在里面，林加彦真有种哭笑不得的感觉。

想着找当地人询问去海丰宾馆的路怎么走，“哧”的一声，抬眼望过去，一辆自行车在不远处停下了。同龄人比较好说话，林加彦跟上去。

是个送外卖的女生，她正弯腰拾捡掉在地上的东西。注意到停在自己面前的阴影时，下意识地抬起头来，虽然戴着口罩，但她从额头一直拉下去的长长的疤赫然涌入男生视线，乍一看来像是一条蜈蚣爬在脸上。其他地方的皮肤也很粗糙，整个人看起来变了形似的。

女生抬手把口罩拉得更高一些，对方明显的尴尬和慌乱，让林加彦意识到自己的失态，连忙说对不起对不起，转移话题道出自己只是想问路的意图。

以为女生一定会生气地驰车而去，却不想她只是用小拇指将掉在额前的头发拂到耳后，然后微笑着给他指了指向左走直走的手势。

是个哑巴吗?

这么想着，林加彦愈发为自己刚才的失态而感到愧疚，可是这种事有怎么可以解释得清楚，不想耽误女生太多的时间，真心地连说了好几句谢谢，然后朝女生所指的方向，大步地去找朋友们会合去了。

女生回过头来一直看着林加彦消失在小北街的尽头，似乎有沙子掉进眼睛，变得通红。过了好久，才回过神来拾起掉在地上的工作名牌，擦掉上面的灰尘重新挂回胸前，骑上自行车，左脚往后使劲一划，朝预订了外卖的顾客家赶去。

男生一时被伤疤吸引去了的目光，致使他永远也不会再看到那个名牌上赫然写着的名字：晴里。

后 记

I also want to fall
In love
With you
For a lifetime

未来不许停留

By：辜妤洁

——你好，我是辜妤洁。

01

八月一号学校放暑假，三号乘上回国的飞机。

离家的两年里，其实有很多次回国的机会，但一直忍耐了。

经历得越多，承受能力也变得更强一些。

“想做”和“该做”这两部分会适当做出权衡。一意孤行任性到死，得到暂时的痛快并不见得真快乐，只有先不遗余力完成责任的部分，才有热情和底气投入热爱的事物之中。这是我目前为止所理解的快乐和自由。

很多逃避的问题会滚雪球，有一天无处可逃时会增加一百倍一千倍的辛苦。想到那个将来处理烂摊子的自己，太可怜了。

毕竟将来还有将来的问题。

回国后约见旧友，聊天的话题从过去的成绩转变为如今的工作，推心置腹，即使不说话相视一笑也觉得感动。

总是轻易被一些细节触动，热泪盈眶。即使被伤害过、被为难过，也因为点滴温度与世界和解。

想慢慢变得成熟坚强，内心更有力量。

即使已经不是小孩子很久，但成长是永远的事。我想。

02

因为家人不在身边，在东京的时候常常和朋友在一起。

这是除了写作之外，最能让我快乐的事之一。

前一阵我和友人约下午茶。

在表参道车站碰面，两个人顺着原宿的方向往前走，然后坐在咖啡厅里聊在东京的学习以及写作的事。我们也说起彼此的发小、同学、闺密、悸动过的人。

当时我满怀困惑和遗憾地问她："为什么以前要好的人，现在却完全没有话聊了呢？"

她认真地告诉我说，不是时间磨损了感情，而是我们选择了不同的道路，拥有了不同的人生经历，感情并没有改变，只是渐渐失去了共同话题。

"但是在新的人生旅途里，我们又认识了新的同伴。"友人说，"这样往前走就很好，不是吗？"

想起以前因为手续需要，时隔几年后回去曾毕业的学校的事。老师还记得我，然后问起一些同学的情况，我老老实实说不知道。

曾事无巨细无所不知的人，有一天我们一无所知。

有些人曾是你世界里的太阳，无论什么时候抬头，都明晃晃挂在那里。后来有一天TA变成了浩瀚天空里无数星星中的一颗，需要仔细辨别才能找到。再后来，也许你忘记那个少年的名字，也忘记那个少女的脸。

——在对方的世界里也是一样。

有时再见悄无声息。

但记忆深处无法抹去的是，你曾假装无数次偶遇只为出现在他面前的羞涩，曾与她共食一份冰激凌的那个夏日午后的香甜。即使曾悄悄擦去的眼泪，也变成镶嵌在“青春”这块铭牌上闪闪发光的钻石。

03

成长是什么呢?

我们都曾为了一个细节念念不忘，为了一次触碰时间停滞，为了一抹微笑飞上云霄，也为了一句话语跌入深渊。无数次快乐，无数次悲伤，无数次跌倒，又无数次擦干眼泪爬起来。

在那段柔软的岁月里，留在记忆深处的也许只是春天的花开和夏天的蝉鸣，也许只是追赶不上的公车和揉碎再展开的试卷，也许只是暗自的心动和与你有关的白日梦想。

在那段柔软的岁月里，我们重复着同一个故事，那么轻易受伤，也那么轻易爱人。

即使时光永不重回，即使我们终将长大，即使我喜欢的你，已经变成故事。

这些，还记得吗？还会记得多久呢?

我们努力去铭记的，都是不愿遗忘的。

人也好，情怀也好，转瞬即逝的某个瞬间也好。

如人生珍宝般，重要的存在。

04

爱，青春，成长，梦想。

这些老生常谈的词汇永远闪闪发光。

那些漫长而静寂的暗恋时光、独自远行的成长痕迹、被现实拷问的爱情友情亲情、咬着牙也要努力实现的梦想，全是最真挚的青春和最美好的年华。

即使有一天我们变成没有表情的“大人”，那些曾柔软的青春年少，珍藏在记忆深处，永不褪色。

05

写下这篇后记是北京时间凌晨四点。

我完成每本书都是在深夜，这样的习惯或许还会持续下去。笑。

不过，之前每次写到后记时总有一种结束或者暂时结束的轻盈，合集的感觉完全不同，甚至觉得一切才刚开始。

朋友说合集是整理的过程，比长篇轻松，很快可以完成。结果我反而拖稿一个月，度过了非常煎熬的一段时间。因为写作进度慢，之前完成的短篇数量并不算多，挑选也很艰难。“这篇我很喜欢，当时写作的心情还记得很清楚，但读者会喜欢这个故事吗？”“还是换一篇吧？”“啊！是这篇。”……如此反反复复。

不管怎么样，在整理的过程里看到了自己的蜕变。

青涩也好，成熟也好，失败也好，成功也好，也许别人不能理解，但自己心里却非常清楚是怎样一点一滴，成为此刻的自己。

还可以写更好的故事。

应该写更好的故事。

去写更好的故事。

一边整理这本集子，一边坚定地抱着这样的念头。

——努力去做就好，即使成效很慢也不浮躁。

虽然对自己很苛刻，也并不是自信的人，但这一点，是我自认为的“优点”。

06

平时比较宅，交往的圈子也很小，内心全是学生气，没有“社会人”的周到全面。笔下的人物也是，如我这般普通平常，有小情绪自我纠结，有胆怯不安退缩，也有勇敢坚强的一面。他们是虚构的人物，是无数个瞬间的我，也许也是无数个瞬间的你们。

故事里的人物也如一直陪伴我的旧友一般，“哈！好久不见！”会郑重地对他们说这句话。

一直陪伴我的还有你们。

常常收到一些私信，长长短短的句子，告诉我心事或者天气，即使从未见面，也让我们拥有了共同的晴雨。

印象深刻的事有很多。比如某一天写作遭遇瓶颈，压力大到哭泣时，收到读者的一条留言。她说：“你是我的青春。”

截图发在朋友圈里，认真地说：“即使还有很多不足，但写作是我目前为止做过的最好的事。非常感谢。”

谢谢你，阅读我的故事。

谢谢你，温柔陪在我身边。

谢谢你，给予我无数的勇气。

真的，非常非常非常感谢。

07

故事里的人会在另一个世界里成长，而我们的人生也是向前的。

无论此刻如何，只要认真面对，就笃定在无限可能的未来，坚信我们会选择一个有光明不孤单的方向，抛弃那些被黑暗吞噬的岔路。

即使努力和收获有时候并不能成为正比，可是如果不努力，也永远不要幻想天上会掉馅饼的好事。哪怕一百倍的努力只能有一成的获得，也去尝试。眼睛看着现在，心向着未来。

即使现在还独自一人，将来也会遇见让我们想起就微笑的人，陪伴着直到永远。

亲爱的人啊，这个世界上有很多风景，去往未来的路途不许停留。

写作也好，生活也好。

我会更加努力，一直努力。

只是喜欢这样的过程，结果如何并不是最重要。即使渺小，也能轻盈柔软地面对所有。

以上。

我们下本书见。

辜妤洁

2015年8月13日